LUCIANO DE SAMÓSATA

HISTÓRIAS VERDADEIRAS

tradução do grego antigo, prefácio e notas:
Théo de Borba Moosburger

KOTTER
EDITORIAL

Coordenação Editorial: Sálvio Nienkötter
Editor-Executivo: Claudecir de Oliveira Rocha
Editor-adjunto: Daniel Osiecki
Capa: Jussara Salazar
Design editorial: Carlos Garcia Fernandes
Produção: Cristiane Nienkötter
Revisão e preparação de originais: O Tradutor
Título original: ἀληθῆ διηγήματα

Dados Internacionais de Catalogação na Publicação (CIP)
Angelica Ilacqua CRB-8/7057

S18h

Samósata, Luciano de
Histórias verdadeiras / Luciano de Samósata ; tradução de Théo de Borba Moosburger. – 1 ed. – Curitiba: Kotter editorial, 2024.
88 p.

ISBN 978-65-5361-291-4

1. Literatura grega I. Título II. Moosburger, Théo de Borba

CDD 880

24-0509

KOTTER EDITORIAL

Kotter Editorial Ltda.
Rua das Cerejeiras, 194
CEP: 82700-510 - Curitiba - PR
Tel. + 55(41) 3585-5161
www.kotter.com.br | contato@kotter.com.br

Feito o depósito legal
1ª Edição
2024

LUCIANO DE SAMÓSATA

HISTÓRIAS VERDADEIRAS

tradução do grego antigo, prefácio e notas:
Théo de Borba Moosburger

SUMÁRIO

PREFÁCIO

Luciano é um dos últimos grandes escritores da literatura grega da Antiguidade Clássica, sendo enquadrado no chamado Período Imperial, pois viveu durante o Império Romano. Nasceu em Samósata (moderna Samsat, na Turquia), capital da Comagena, parte da província romana da Síria, por volta do ano 120 d. C. A data de sua morte é desconhecida, mas estima-se que tenha ocorrido entre 180 e 192.

Luciano não era propriamente um grego, mas produziu literatura grega. A sua língua materna provavelmente era o aramaico, mas o grego era a língua da educação e do letramento de boa parte do mundo havia já alguns séculos, desde a expansão do mundo helênico com as conquistas de Alexandre, no séc. IV a. C. Em tempos de Império Romano, o Mediterrâneo oriental e o Oriente Próximo não haviam perdido sua cultura helenística, que sobreviveria ainda por muitos séculos.

Luciano viveu durante a Segunda Sofística, movimento cultural que que ocorreu no séc. II d. C. e significou um renascimento da educação retórica clássica; o escritor teve sua formação em oratória clássica e filosofia (apesar de não ser considerado um filósofo propriamente dito), mas sua obra – volumosíssima – é célebre pela sátira. Foi um crítico mordaz das tradições gregas, não poupando sequer os deuses do Olimpo, os quais, aliás, não lhe inspiravam grande sentimento religioso, ao que parece.

Histórias Verdadeiras talvez não seja o texto que melhor exemplifique o todo de sua obra, único dentre os escritos de Luciano em vista do seu caráter novelístico, mas certamente é uma de suas criações mais influentes na Modernidade, se é que não a mais influente: entre outras obras famosas, textos como *As viagens de Gulliver* e *As Aventuras do barão de Münchhausen* devem sua própria existência ao modelo luciânico. A última, aliás, em diversos pontos reproduz temas e ambientações das *Histórias Verdadeiras*, em diálogo nítido com o escritor de Samósata. Há uma outra obra tradicionalmente atribuída ao autor que também pode ser considerada um romance: trata-se de um texto intitulado *Lúcio, ou asno*, mas que, com muita probabilidade, não foi de fato escrito pelo autor de *Histórias Verdadeiras*.

Em *Histórias Verdadeiras*, Luciano parodia escritores clássicos como Homero e Heródoto, mas sua ironia dirige-se (quiçá indiretamente) a historiadores de seu tempo que, em lugar de contarem "histórias verdadeiras", deixam a imaginação correr solta... e é exatamente isto o que o narrador faz aqui: desde o título até a última das últimas afirmações (excetuando-se a "justificativa" no proêmio – Livro Primeiro, 1 – 4), tudo o que se lê é a mais completa mentira. Luciano escreveu outra obra problematizando a veracidade da narrativa histórica: *Como se deve escrever a história* – esta sim um tratado (em forma de epístola), que apresenta as teses do autor sobre a natureza do trabalho do historiador, e pode ser vista como o *alter ego* acadêmico de *Histórias Verdadeiras*.

Entretanto, as narrativas fantasiosas que compõem estas *Histórias Verdadeiras* não se resumem a chistosas mentiras; são, antes de tudo, "um leve (fino) entretenimento" (*ψιλὴ ψυχαγωγία*), usando as palavras do próprio autor (I, 1). Esta sua obra, aliás, como observa E. L. Bowie, "mesmo sem o efeito paródico, mostra-se como uma obra-prima da narração de histórias imaginativas e sagazes"[1]. A ironia de Luciano dirige-se a figuras do passado glorioso da Grécia Clássica, faz referência a passagens célebres de obras canônicas e parodia alguns textos que nem mesmo foram preservados para a modernidade (logo nem todas as suas alusões podem ser devidamente compreendidas hoje). Mas até mesmo o leitor mais desavisado, que não conheça as referências por não ter familiaridade com a literatura grega clássica que Luciano satiriza, encontrará em *Histórias Verdadeiras* muitas passagens divertidas devido à riqueza imaginativa do autor samosatense.

A tradução aqui apresentada foi executada com base no texto original grego antigo editado por M. D. Macleod na série *Bibliotheca Oxoniensis*[2]. A proposta desta edição é contemplar o texto enquanto obra literária, enquanto *entretenimento*. Este prefácio e as notas que acompanham a tradução não têm a pretensão de oferecer um aparato crítico ao especialista, mas se limitam a fornecer informações que possam iluminar a leitura e facilitar a fruição estética da narrativa. Por essa mesma razão, optamos por oferecer as notas ao final, e não ao pé de cada página: a leitura do texto, esperamos, basta pelo que tem a oferecer, e a ela é devida a primazia; as notas podem ser consultadas sempre que houver necessidade.

O tradutor

HISTÓRIAS VERDADEIRAS

LUCIANO DE SAMÓSATA

LIVRO PRIMEIRO

1 Assim como aqueles que se ocupam do atletismo e dos cuidados com o corpo não têm como única preocupação a boa forma e os exercícios físicos, mas também, no tempo adequado, o descanso – afinal consideram-no a parte principal do treinamento –, do mesmo modo penso ser cabido àqueles ocupados das letras relaxar a mente, depois de muita leitura séria, e deixá-la mais aguçada para o esforço subsequente. 2 O repouso lhes seria apropriado caso se pusessem na companhia de leituras que não apenas proporcionam, pelo seu caráter cômico e gracioso, um leve entretenimento, mas que também exibem alguma ideia não desprovida de inspiração, e suponho que considerarão estes escritos algo dessa sorte; pois não apenas o caráter exótico da história nem a graça do plano, e nem o fato de termos contado

de forma plausível e verossímil várias mentiras, ser-lhes-á um atrativo, mas também o fato de que cada um dos eventos narrados traz algo nas entrelinhas, não sem comicidade, com relação a alguns dos antigos poetas, historiadores e filósofos, que escreveram muitas coisas absurdas e fabulosas, e cujos nomes eu até mencionaria, caso não ficasse claro a ti quem são eles a partir da leitura. 3 Um deles é Ctésias de Cnido[3], filho de Ctesíoco, que escreveu a respeito do país dos Indianos e do que há por lá, coisas que nem ele próprio viu, nem ouviu de outro que estivesse falando a verdade. E também Jâmbulo[4] escreveu, com relação às terras no grande mar[5], muitos absurdos, sendo do conhecimento de todos o fato de ter forjado uma mentira, sem, contudo, ter composto uma história desagradável. E muitos outros, ainda, com os mesmos objetivos que esses, escreveram sobre algumas de suas supostas andanças e jornadas, descrevendo feras imensas, homens selvagens e modos de vida novos; e o líder e professor deles nessa falastrice foi Odisseu, de Homero, que narrou à corte de Alcínoo sobre a subjugação de ventos, sobre alguns homens selvagens e canibais, de um olho só, e ainda sobre animais de muitas cabeças e as transformações dos seus companheiros sob o efeito de drogas, e muito mais dessa sorte que fez os tolos dos Feácios engolirem.[6] 4 Portanto, tendo lido todos esses[7], não censurei duramente os homens por mentirem, vendo que isso já era costumeiro até àqueles que professavam filosofia[8]; mas aquilo neles com que me espantei foi se julgavam enganar ao não escreverem a verdade. E assim também eu, por vaidade, ansioso por deixar algo para a posteridade, para não permanecer eu só sem meu quinhão na liberdade de contar histórias e por nada de verdadeiro ter para narrar – já que nunca me sucedeu nada notável – voltei-me para a mentira, mas uma mentira muito mais comedida do que as outras; pois, ainda que seja a única, em uma coisa direi a verdade: eu digo que minto. E assim penso poder escapar das acusações dos outros, eu mesmo confessando que não digo nada verdadeiro. Sendo assim, escrevo sobre coisas que nunca vi nem nunca me sucederam, a respeito das quais nunca fui informado por outros, e mais, que nem mesmo existem nem nunca podem vir a existir. E assim os leitores não devem acreditar nelas de forma alguma.

5 Após partir, em certa ocasião, das Colunas de Héracles[9] e lançar-me ao Oceano Ocidental[10], navegava com vento em popa. O motivo da minha jornada e os meus objetivos foram a curiosidade, o anseio por coisas novas e o desejo de descobrir como é o fim do oceano e quem são as pessoas que habitam além. Com este propósito carreguei a nau com muita comida e água o bastante, reuni cinquenta coetâneos meus que compartilhavam da minha ideia, e ainda providenciei uma grande quantidade de equipamentos e tomei o melhor dos capitães, a quem persuadi com pagamento de um grande salário, e deixei a nau forte – era uma embarcação ligeira – para a longa e violenta viagem. **6** Assim, navegando um dia e uma noite com vento em popa, ainda com a terra à vista, não nos fazíamos ao largo com grande velocidade, contudo, no dia seguinte, ao nascer do sol, o vento avigorou-se, as ondas agitaram-se e fez-se escuridão, e não era mais possível nem mesmo recolher a vela. Assim, entregues aos ventos, à deriva, fomos arrebatados pelas vagas por setenta e nove dias, quando, de repente, ao octogésimo dia raiou o sol e avistamos uma ilha, não muito distante, montanhosa e arborizada, que ressoava às não duras ondas: pois já o furor da tempestade cessara.

Então ancoramos a nau e desembarcamos, e, como saídos de um grande tormento, deitamos sobre a terra firme por um longo tempo e em seguida, depois de nos pormos de pé, escolhemos trinta homens dentre nós para ficarem como guardiões da nau e vinte para me acompanharem numa expedição de investigação da ilha. **7** Após avançarmos algo como três estádios[11] da praia floresta adentro, encontramos uma coluna de bronze, com uma inscrição em letras gregas desgastadas e quase ilegíveis, que dizia: "Até aqui chegaram Héracles[12] e Dioniso[13]." Havia também duas pegadas ali perto, sobre uma rocha, uma medindo tanto quanto um pletro[14] e a outra menos – a menor parecendo-me ser de Dioniso, e a maior, de Héracles[15]. Prestamos reverência e prosseguimos; não muito adiante deparamo-nos com um rio de vinho, de fato muito similar ao vinho de Quios[16], e seu leito era abundante e grande, de modo que em alguns trechos era navegável. E assim acreditamos ainda mais na inscrição sobre a coluna, ao vermos os sinais da passagem de Dioniso[17]. Decidido a descobrir onde nasce o rio, caminhei junto à margem, em sentido contrário à sua corrente, e, ao invés de encontrar uma nascente, encontrei muitas e grandes parreiras, repletas de cachos, e da raiz de cada uma escorriam gotas de um rutilante vinho, a partir das quais nascia o rio. Havia nele, também, muitos peixes para serem vistos, muito semelhantes ao vinho, tanto na cor quanto no sabor; e, então, após pescarmos e comermos alguns deles, inebriamo-nos; e, de fato, ao abrirmos os peixes, constatamos que eram cheios de mosto no seu interior. E em seguida pensamos nos outros peixes, os da água, e, misturando-os a estes, diluímos a força da comilança de vinho[18].

8 Então atravessamos o rio num ponto onde dava pé e encontramos parreiras de uma espécie fabulosa: na parte de baixo, onde irrompiam da terra, eram de um tronco vigoroso e grosso, já na parte de cima eram mulheres, a partir da cintura perfeitas em tudo – dessa sorte retratam Dafne em nossa terra, no momento em que, prestes a ser tomada por Apolo, transformava-se em árvore[19]. Da ponta dos seus dedos brotavam os ramos, repletos de cachos de uva. E mais: cresciam qual cabeleira em suas cabeças gavinhas, folhas e cachos de uva. À nossa aproximação saudaram-nos e deram-nos as boas-vindas, umas em língua lídia[20], outras em língua indiana, mas a maioria falando a língua grega. Beijavam-nos na boca, e aquele que era beijado imediatamente se embriagava e estava fora de si. Mas, é claro, não permitiam que colhêssemos frutos, e quando tinham algum arrancado sentiam dor e gritavam. Algumas desejavam unir-se a nós, e dois dos nossos, tendo-se abraçado com elas, não mais podiam soltar-se, e ficaram presos pelos genitais; tornaram-se um tronco e enraizaram-se, fundidos a elas. E já lhes brotavam qual galhos os dedos, e, envoltos pelas gavinhas, não tardariam em dar frutos. **9** Abandonamos estes e fugimos para a nau, onde narramos tudo aos que haviam permanecido, inclusive a fusão dos companheiros com as parreiras. Então, tomando algumas ânforas, abastecemo-nos de água e, simultaneamente, de vinho do rio, e perto dele passamos a noite, na praia, para finalmente, com o raiar do dia, zarparmos com um vento não muito forte.

Por volta do meio-dia, quando já não se avistava mais a ilha, repentinamente surgiu um tufão que pôs a nau a rodopiar, ergueu-a aos ares a uma altura de trezentos estádios, e não mais a fez descer à superfície do mar, mas, enquanto ela estava suspensa nas alturas, um vento atingiu as velas e, inflando-as, conduziu a embarcação. **10** Após navegarmos no ar por sete dias e o mesmo número de noites, ao oitavo dia avistamos uma grande terra no céu, bem como uma ilha, reluzente e esférica, iluminada por uma luz brilhante; achegamo-nos a ela, lançamos âncora e desembarcamos, e, investigando a terra, constatamos que era habitada e cultivada. Durante o dia não avistávamos nada de lá, mas, depois de anoitecer, eram-nos visíveis muitas outras ilhas perto, umas maiores, outras menores, semelhantes ao fogo na cor, e uma outra terra ainda, embaixo, que tinha, em sua superfície, cidades, rios, mares, florestas e montanhas. Inferimos, pois, que esta última era o nosso mundo.

11 Com a intenção de avançarmos ainda mais, fomos capturados pelos cavalos-abutre, conforme são denominados por lá, com os quais nos deparamos. Esses cavalos-abutre são homens montados sobre grandes abutres, que se utilizam das aves tal qual fossem cavalos; pois os cavalos-abutre são grandes e, em sua maioria, possuem três cabeças. Poder-se-ia estimar o seu tamanho do seguinte modo: eles têm cada asa maior e mais grossa do que a vela de uma nau de carga grande[21]. A tarefa desses cavalos-abutre era sobrevoar o país, e, caso fosse encontrado algum estrangeiro, conduzi-lo até o rei; e, desse modo, também a nós capturando-nos, conduziram-nos a ele. E este, vendo-nos e julgando pelas nossas vestes, disse: "Acaso sois gregos, estrangeiros?" Após respondermos afirmativamente, disse: "E como, então, chegastes até aqui, atravessando tanto ar?" E nós lhe narramos tudo; e então ele também nos narrou a sua história, que também era ele um homem, de nome Endimião[22], da nossa terra, e que, certa vez, enquanto dormia, fora capturado e, aqui chegando, tornou-se rei do país; e dizia que esta terra era a Lua que se mostrava a nós embaixo[23]. Mas nos incentivou a termos coragem e não suspeitarmos de nenhum perigo, pois tudo de que necessitássemos estaria à nossa disposição. **12** "Caso eu obtenha sucesso," disse, "na guerra que estou travando agora contra os habitantes do Sol, haveis de viver ao meu lado a mais próspera das vidas." E perguntamos quem eram os inimigos e qual o motivo da discórdia; e ele disse: "Faetonte[24], o rei dos habitantes do Sol (pois também este é habitado[25], assim como a Lua) já há muito tempo vem guerreando contra nós. E ele começou pelo seguinte motivo: depois que eu reuni certa vez os mais pobres dos meus súditos, desejei enviá-los como colonizadores da Estrela-d'Alva, que era deserta e por ninguém habitada; e aí Faetonte, com inveja, impediu a colonização, enfrentando-nos na metade do caminho com os cavalos-formiga. E assim, após sermos derrotados (é que, estando nós despreparados, não éramos páreo) recuamos; mas agora eu desejo retomar a guerra e novamente enviar os colonizadores. Caso quiserdes, tomai parte em minha expedição, e hei de fornecer a vós abutres dos reais, um para cada, e mais o restante do armamento; amanhã partiremos." "Assim seja," disse eu, "conforme julgas melhor."

13 E assim nós jantamos e permanecemos com ele, e ao amanhecer acordamos e pusemo-nos em formação para a batalha: pois, de fato, os vigias sinalizavam a aproximação dos inimigos. O nosso exército era composto por cem mil, afora os escudeiros, os que manipulavam as máquinas, a infantaria e os aliados estrangeiros; e, desses cem mil, oitenta mil eram os cavalos-abutre e vinte mil os montados nos asas-de-vegetal. Estes também são pássaros, gigantescos, que, ao invés de plumas, são cobertos por uma densa folhagem, e que nas asas possuem folhas muito similares às da alface. Ao lado destes, estavam em formação os atiradores-de-painços[26] e os guerreiros-de-alho. E haviam-se

somado ao seu exército ainda aliados do norte, que eram trinta mil arqueiros-de-pulga e cinquenta mil corredores-do-vento; destes, os arqueiros-de-pulga cavalgavam sobre grandes pulgas, donde tiram sua denominação; e o tamanho das pulgas é tanto quanto o de doze elefantes; já os corredores-do-vento são soldados de infantaria e transportam-se no ar sem asas; o seu modo de locomoção é o seguinte: vestidos com túnicas longas até os pés, que se inflam ao vento tal qual velas, transportam-se de modo similar aos navios. Estes geralmente eram peltastas[27] nas batalhas. Dizia-se que viriam, ainda, das estrelas de cima da Capadócia, pardais-glande[28] em número de setenta mil e cavalos-grou em número de cinquenta mil. Mas não vieram, de modo que não ousei descrever como era a sua natureza, pois eram ditas coisas fabulosas e inacreditáveis a seu respeito[29].

14 Era essa, pois, a força de Endimião. E o armamento de todos era o mesmo: elmos feitos de favas (pois as favas por lá são grandes e fortes) e couraças lorigadas, feitas de lupino; é que, costurando as peles do lupino, fabricam couraças, uma vez que por lá a casca do lupino é inquebrável, como o chifre; já os seus escudos e lanças são iguais aos gregos. **15** Quando chegou o momento, puseram-se em formação deste modo: no flanco direito estavam os cavalos-abutre e o rei, cercado pelos melhores guerreiros – também nós estávamos entre estes –, no flanco esquerdo estavam postados os asas-de-vegetal e no meio estavam os aliados, conforme cada um preferisse. A infantaria era composta por cerca de seiscentos mil homens, e posicionou-se da seguinte forma: existem na Lua aranhas muito grandes, cada uma muito maior do que as ilhas Cíclades; ordenaram que elas tecessem uma teia no céu, entre a Lua e a Estrela-d'Alva. Assim que completaram a tarefa, muito rapidamente, e confeccionaram uma planície, sobre esta posicionou-se a infantaria; e na sua liderança estavam Madruga, filho de Bontempo, e mais dois.

16 No flanco esquerdo dos inimigos postavam-se os cavalos-formiga, e entre estes Faetonte; os cavalos-formiga são animais enormes, alados, iguais às nossas formigas, exceto pelo tamanho, pois o maior deles chegava a dois pletros[30]. E não era somente quem vinha montado neles que pelejava, mas também os próprios o faziam com suas quelíceras; dizia-se que estes eram em número aproximado de cinquenta mil. No flanco direito estavam em formação os mosquitos-do-céu, também estes sendo aproximadamente cinquenta mil, todos arqueiros montados em grandes mosquitos; depois destes os palhaços-do-ar, soldados de infantaria leve, mas igualmente bravos guerreiros, pois arremessavam longe rabanetes gigantescos, e quem era atingido pouco tempo podia suportar e morria, com um fedor emanando da chaga; dizia-se que untavam os projéteis com sumo de malva. Depois destes, estavam posicionados os talos-e-cogumelos, hoplitas[31], guerreiros de combate corpo-a-corpo, em número de dez mil; eram chamados talos-e-cogumelos porque usavam escudos de cogumelos e lanças de caules de aspargos. Perto destes estavam postados os cachorros-glande, enviados pelos habitantes da estrela Sírio[32], cinco mil homens com cara de cachorro[33] que guerreavam montados em glandes[34] aladas. Dizia-se que estavam atrasados os aliados que Faetonte mandara vir da Via-Láctea, os fundibulários e os centauros-das-nuvens. Mas estes chegaram quando a batalha já estava decidida, e de nada adiantou; já os fundibulários não vieram mesmo, e conta-se que posteriormente Faetonte, irado com eles, incendiou seu país.

17 E foi com essa preparação que Faetonte atacou. Encontraram-se então os exércitos, após as bandeiras serem alçadas e os asnos de ambos os lados zurrarem (pois utilizam asnos ao invés de trombeteiros), e puseram-se a lutar. E, enquanto o flanco esquerdo dos solares imediatamente se pôs em fuga, sem que nem mesmo recebesse a investida dos cavalos-abutre – e nós a persegui-los, causando mortandade –, o flanco direito deles sobrepujava o nosso flanco esquerdo, e os mosquitos-do-céu avançaram em perseguição, até

que deram com a nossa infantaria. Aí, com a ajuda de mais estes, os perseguidores se bateram em retirada, principalmente após perceberem que a sua ala esquerda já estava derrotada. Depois da brilhante vitória, muitos sobreviventes foram feitos prisioneiros e muitos mortos recolhidos, e o sangue derramava-se em grande quantidade sobre as nuvens, até que elas se tingiram e enrubesceram, conforme se mostram a nós no pôr-do-sol, e muitas gotas caíam na Terra, e, por conta disso, perguntei-me se algo dessa sorte não poderia ter acontecido lá no alto no passado, quando Homero supôs ser Zeus a fazer chover sangue na ocasião da morte de Sarpédone[35].

18 Após retornarmos da perseguição, erigimos dois troféus, um sobre a teia de aranha pela batalha no solo, outro sobre as nuvens pela batalha no ar. Mas, tão logo isso foi feito, anunciou-se pelos nossos vigias o avanço dos centauros-das-nuvens, que deveriam ter vindo à batalha em auxílio a Faetonte. E já podíamos vê-los aproximando-se, uma visão estranhíssima, compostos de cavalos alados e seres humanos; e o tamanho dos seres humanos era o do Colosso de Rodes[36], da cintura para cima, enquanto o da parte de baixo, a equina, era de uma grande nau de carga. Já o seu número eu não menciono, para que não pareça inacreditável, tão numerosos eram eles. Liderava-os o Arqueiro do Zodíaco. Uma vez tendo percebido que seus companheiros estavam já vencidos, mandaram uma mensagem a Faetonte para que tornassem a atacar, enquanto eles próprios, tendo-se posicionado, investiram contra os lunares, que estavam desorganizados, dispersos perseguindo e tomando despojos de guerra; e os centauros-das-nuvens puseram a todos em debandada, e perseguiram o próprio Endimião até a cidade, matando a maioria das suas aves; e também destruíram os troféus e percorreram toda a planície tecida pelas aranhas e capturaram a mim e a dois dos meus companheiros. E já Faetonte fazia-se presente, e outros troféus eram erigidos, desta vez pelos solares.

E, desse modo, éramos naquele dia conduzidos até o Sol, tendo as mãos atadas às costas com pedaços de teia de aranha. **19** Mas eles decidiram não sitiar a cidade: retornaram e construíram uma muralha no meio do céu para que os raios do Sol não mais atingissem a Lua. A muralha era dupla, feita de nuvem; e com isso fez-se um visível eclipse da Lua e ela toda foi tomada por uma noite infindável. Pressionado por isso, Endimião enviou uma mensagem por meio da qual suplicava que demolissem a construção e que não os deixassem viver na escuridão, e assim prometia pagar impostos, tornar-se aliado deles e não mais guerreá-los, e quis conceder reféns como garantia desses termos; Faetonte e os seus súditos realizaram por duas vezes a assembleia; na primeira não amainaram a sua fúria, na segunda, porém, mudaram de ideia e foi selada a paz nos seguintes termos[37]:

> 20 *Com estas condições os solares e seus aliados fazem um tratado com os lunares e seus aliados:*
> *Os solares destruirão a muralha e não mais invadirão a Lua, e libertarão os prisioneiros mediante pagamento de resgate, conforme for acertado para cada um;*
> *Os lunares deixarão os outros astros autônomos e não levantarão armas contra os solares;*
> *Ambos os países serão aliados um do outro, no caso de um terceiro atacar;*
> *O rei dos lunares pagará ao rei dos solares um tributo anual de dez mil ânforas de orvalho, e concederá dez mil dos seus súditos como reféns;*
> *A colônia na Estrela-d'Alva será feita conjuntamente, e quem mais desejar poderá tomar parte;*
> *Estes termos serão gravados numa coluna de elétron que será erigida no meio do céu, em cima da fronteira entre o Sol e a Lua.*
> *Juraram, da parte dos solares, Fogobaldo, Veranildo e Chamusca, e, da parte dos lunares, Notúrnio, Luâncio e Brilhoso.*

21 E assim foi feita a paz; em seguida a muralha era demolida e nós, os prisioneiros, libertados. Ao

chegarmos à Lua, vieram ao nosso encontro e deram-nos as boas vindas, com lágrimas nos olhos, tanto os nossos companheiros quanto Endimião em pessoa. Ele desejava que eu permanecesse ao seu lado e tomasse parte na colonização, prometendo conceder-me seu filho em casamento – pois não existem mulheres entre eles. Mas eu não me deixei persuadir de forma alguma, e pedi-lhe que nos dispensasse para descermos ao mar. Percebendo ser impossível persuadir-me, dispensou-nos, após prestar-nos hospitalidade por sete dias.

22 Durante os dias em que eu estive na Lua, observei coisas novas e estranhas, e desejo narrá-las. Primeiro é o fato de que lá eles não nascem das mulheres, mas dos homens; seus casamentos são entre homens, e não conhecem nem mesmo a palavra "mulher". Até a idade de vinte e cinco anos eles são desposados, após essa idade, então, desposam; não geram crianças no ventre, mas sim na barriga da perna[38]; após a concepção do embrião, a panturrilha começa a engordar, e, passado o tempo necessário, cortam-na e retiram de dentro o bebê morto, e então, dispondo-o boquiaberto ao vento, dão-lhe vida. Parece-me que é de lá que vem o termo usado pelos gregos "barriga da perna", pois entre aqueles, ao invés da barriga, é ela que carrega o feto[39]. Mas contarei algo ainda mais impressionante que isso. Há por lá

uma raça de homens denominada arbórea, que se faz da seguinte forma: tendo extraído o testículo direito de um homem, plantam-no na terra, e dele brota uma árvore enorme, de carne, semelhante a um falo[40]; ela possui galhos e folhas; os frutos são glandes[41] com tamanho de um côvado[42]. Depois que florescem e são colhidos, eles racham e de dentro surgem os homens. Os lunares possuem, de fato, genitais postiços, uns de marfim, enquanto outros, os pobres, de madeira, e, por meio destes, montam e têm contato sexual com seus maridos. **23** Quando um homem envelhece, não morre, mas, tal qual fumaça, dissolve-se e torna-se ar. A comida é a mesma para todos: acendem uma fogueira e assam sapos no carvão (pois há muitos sapos por lá voando no ar); sentam-se, então, ao redor dos sapos que assam, como se estivessem em torno de uma mesa, e banqueteiam-se com a fumaça que ascende, e regozijam-se[43]. Comem, pois, tal alimento; já a sua bebida é ar espremido dentro de uma taça, o que produz um líquido semelhante ao orvalho. E eles nem urinam nem defecam, e nem mesmo são furados no mesmo local que nós, e nem os moços oferecem o traseiro ao coito, mas sim a dobra da perna, acima da panturrilha, pois é lá que eles são furados.

É considerado belo entre eles alguém que seja calvo ou careca, e eles até sentem repulsa dos

cabeludos. Já nos Cometas é o contrário, consideram os cabeludos belos[44]; pois alguns viajantes desses astros que se encontravam na Lua falavam disso. E mais, cresce-lhes barba pouco acima do joelho. E não possuem unhas nos pés, nos quais só há um dedo. Acima do traseiro de cada um deles crescia um repolho, longo como uma cauda, sempre verdejante, e, mesmo quando caíam de costas, ele não se quebrava.
24 Escorre do seu nariz um mel acre; e, quando fazem esforço ou se exercitam, suam leite por todo o corpo, com o qual produzem queijo, gotejando um pouco do mel. E fabricam azeite a partir das cebolas, um azeite extremamente espesso e aromático, igual à mirra. E possuem também muitas parreiras aquíferas, pois as uvas nos cachos são iguais ao granizo, e, parece-me, quando um vento atinge e sacode aquelas parreiras, cai sobre nós o granizo, com os cachos desfazendo-se. Eles utilizam a barriga como bolsas, depositando dentro dela tudo de que necessitam, pois podem abri-la e novamente fechá-la; parece não haver entranhas em seu interior, exceto por uma coisa: ela é hirsuta e peluda por dentro, de forma que os filhotes encontram abrigo nela quando faz frio.

25 As roupas dos ricos da Lua são feitas de vidro maleável, enquanto as dos pobres são de bronze tecido; é que a região lá é rica em bronze, e eles trabalham o bronze, molhando-o com água, conforme fazemos com a lã. Agora, com relação aos olhos que eles possuem, reluto em contar, para que o leitor não considere que eu estou mentindo, devido à incredibilidade do caso. Contudo, contarei isto também: os olhos que eles possuem são removíveis, e aquele que deseja pode guardar os seus próprios, após retirá-los, até que precise enxergar; e, assim, recolocando-os, novamente vê; e muitos que perderam a visão enxergam utilizando olhos de outros. Há ainda aqueles que possuem muitos olhos guardados, os ricos. As suas orelhas são de folhas de plátano, com exceção dos que nascem das glandes; pois estes apenas possuem orelhas de madeira. **26** E eu ainda testemunhei uma outra maravilha no palácio: um enorme espelho jaz sobre um poço não muito profundo. E, quando se desce ao poço, ouve-se tudo o que é dito entre nós na Terra, e, olhando-se para o espelho, podem-se ver todas as cidades e todas as nações, como se se estivesse parado bem sobre elas; e então vi meus familiares e toda a minha terra natal; porém, se eles também me viam, não tenho certeza para dizê-lo. E se alguém não acredita que essas coisas assim sejam, se algum dia for até lá saberá que digo a verdade.[45]

27 Finalmente saudamos o rei e sua corte, embarcamo-nos e zarpamos; Endimião deu-me até presentes, duas túnicas de vidro, cinco de bronze, e uma armadura de lupino, mas eu acabei por deixar tudo dentro da baleia. Além disso, enviou junto conosco, como escolta, mil cavalos-abutre, para que nos acompanhassem pela distância de quinhentos estádios. **28** E durante a navegação passamos por muitas outras terras e aportamos na Estrela-d'Alva, que havia recém sido colonizada, onde, desembarcando, abastecemo-nos de água. Após embarcarmos rumo ao Zodíaco, passamos à esquerda do Sol, quase tocando a terra; mas não desembarcamos, apesar de muitos dos companheiros desejarem fazê-lo: o vento não permitiu. Contudo, observamos a terra, verdejante e fértil, abundante em água e repleta de muitas riquezas. Ao nos avistarem, os centauros-das-nuvens, que eram mercenários a serviço de Faetonte, lançaram-se sobre nossa embarcação, mas, constatando que estávamos dentro dos termos do tratado de paz, foram-se embora. **29** E já os cavalos-abutre haviam sido dispensados.

Navegamos pela noite e pelo dia que se seguiram e, ao entardecer, chegamos à Cidade das Lamparinas, conforme é denominada, já quando tomávamos o caminho para baixo. Esta cidade localiza-se entre os céus das Plêiades e o das Híades, bem abaixo do Zodíaco. Desembarcamos e não encontramos nenhuma pessoa, mas sim muitas lamparinas, que davam voltas e passavam o tempo na ágora e no porto, umas pequenas e de aparência pobre, outras, poucas em número, grandes e fortes, muitíssimo brilhantes e conspícuas. Casas e suportes de lamparina eram construídos iguais para cada uma, e elas também tinham nomes, da mesma forma que as pessoas, e as escutamos falando, e nenhum mal nos fizeram, mas, inclusive, ofereceram-nos a sua hospitalidade; nós, contudo, estávamos temerosos, e nenhum de nós ousou jantar ou dormir. Possuem arquivos públicos no centro da cidade, onde o magistrado senta-se durante a noite toda, chamando cada uma das lamparinas pelo nome; e aquela que não responder é condenada à morte por deserção; o método de execução é o apagamento. Estávamos presentes e observamos o que se passava, e ouvimos as lamparinas expondo as suas defesas e explicando os motivos pelos quais se atrasaram. Lá reconheci a nossa lamparina, e, falando com ela, perguntei-lhe como estavam as coisas em casa; e ela me narrou tudo.

Naquela noite permanecemos lá, mas no dia seguinte alçamos as velas e zarpamos, e já navegávamos então perto das nuvens; foi lá que, avistando a Cidade dos Cucos das Nuvens[46], admiramo-nos, porém não desembarcamos nela, pois o vento não era favorável. Dizia-se que reinava lá Corvo, filho de Graúno. E eu me recordei de Aristófanes, o poeta, homem sábio e contador da verdade, que injustamente foi desacreditado com relação ao que escrevia. No terceiro dia após isso, já avistávamos claramente o oceano, mas não se via terra em nenhuma parte, exceto pelas do céu, e estas já se nos mostravam de fogo e brilhantes. Ao quarto dia, por volta do meio-dia, quando o vento diminuiu e abrandou-se, fomos depositados sobre o mar. **30** Ao tocarmos a água, sentimos um prazer e um bem-estar imensuráveis, todos nós presentes alegramo-nos ao máximo, e pulamos da embarcação e nadamos, pois o mar estava calmo e sereno.

Parece que a mudança para o melhor muitas vezes torna-se o princípio de males ainda maiores; e, de fato, nós navegávamos com tempo bom por apenas dois dias quando, ao raiar do terceiro, avistamos muitos monstros e baleias, e um em especial, o maior de todos, com tamanho de mil e quinhentos estádios; este avançou boquiaberto, agitando o mar a uma grande distância e envolto por espuma, exibindo seus dentes, maiores do que os falos na nossa terra[47], todos pontiagudos como estacas e brancos como marfim. Então nós dissemos o último adeus uns aos outros e esperamos, abraçados; e ele chegou num instante e engoliu-nos, com barco e tudo. Porém não conseguiu esmigalhar-nos com os dentes: a nau, passando pelo espaço que há entre eles, deslizou para o interior. **31** Uma vez que estávamos dentro, primeiramente estava tudo escuro e nada víamos, mas depois, quando o monstro abriu a boca, vimos uma concavidade enorme e toda plana e alta, capaz de comportar uma cidade de dez mil habitantes. Jaziam lá peixes grandes e pequenos e muitos outros animais dilacerados, e velas de navios e âncoras, e ossos humanos e mercadorias, e ao centro havia terra e colinas, que, como me parece, eram o acúmulo da lama que o monstro engolia. E havia uma floresta sobre essa terra, e árvores de todo tipo e plantas, e parecia tudo cultivado; o perímetro da terra era de duzentos e quarenta estádios. Podiam ser vistas também aves marítimas, gaivotas e martins-pescadores, que tinham seus ninhos sobre as árvores.

32 Então pranteamos por um longo tempo, mas depois, animando-nos uns aos outros, primeiro sustentamos a nau e em seguida acendemos uma fogueira, friccionando gravetos, e preparamos nossa janta com o que havia por lá. Encontrava-se carne de peixe em variedade e abundância, e ainda tínhamos água da Estrela-d'Alva. Depois que despertamos, no dia seguinte, sempre que a baleia abria a boca, víamos ora montanhas, ora apenas o céu, e muitas vezes ilhas; e, de fato, percebemos que o monstro locomovia-se velozmente por todos os cantos do mar. Quando já estávamos acostumados a essa vida, tomei comigo sete dos companheiros e caminhei em direção à floresta, desejando investigar tudo. Mal caminháramos cinco estádios e encontramos um templo dedicado

a Possêidon[48], conforme demonstrava a inscrição, e logo adiante muitas lápides e mais colunas, e, próximo a isso, uma nascente de água cristalina, e ainda ouvimos o latido de um cachorro e avistou-se ao longe fumaça, e imaginamos tratar-se de uma fazenda.

33 Andamos, então, a passos largos e deparamo-nos com um velho e um jovem, ocupados avidamente com um jardim, que irrigavam com água da fonte; sentindo ao mesmo tempo alegria e medo, estacamos; eles também, provavelmente sentindo o mesmo que nós, quedaram-se emudecidos; passado um tempo, o velho disse: "Quem sois vós, estrangeiros? Acaso sois espíritos dos mares, ou pessoas desgraçadas como nós?[49] Pois também nós, sendo homens crescidos em terra, tornamo-nos marinhos, e nadamos junto com a besta que nos contém, sem nem mesmo sabermos o que se passa conosco; pois se, por um lado, parece-nos que morremos, por outro, acreditamos viver." Em resposta a isso, eu disse: "Nós também somos homens, recém-chegados, meu senhor, engolidos ontem junto com a nossa embarcação, e viemos agora com o desejo de descobrir como são as coisas na floresta; ela dá a impressão de ser extensa e densa. Parece que alguma divindade nos conduziu para que te víssemos e descobríssemos que não estamos sós confinados neste monstro; mas conta-nos, sim, a tua sorte, quem és tu e como aqui

adentraste?" Mas ele disse que nada nos diria nem perguntaria antes de nos oferecer a sua hospitalidade, e, tomando-nos, conduziu-nos até a casa – ela era autossuficiente, possuía leitos e era com tudo mais equipada. Dispôs em nossa frente vegetais, nozes e peixes, e ainda serviu-nos vinho, e depois que nos havíamos saciado, perguntou-nos o que nos sucedera; e eu, então, narrei tudo: a tempestade e os episódios na ilha e no céu, a guerra, e tudo mais até a descida ao interior da baleia.

34 Ele, deveras maravilhado, narrou por sua vez a sua história: "Eu sou do Chipre, estrangeiros, e, tendo certa vez partido de minha terra natal junto com meu filho, a quem vedes, e com mais muitos criados, navegava rumo à Itália, transportando uma carga de mercadorias diversas numa grande nau, que vós decerto vistes destroçada na boca da baleia. Até a Sicília fazíamos uma viagem afortunada; lá, contudo, fomos arrebatados por um vento violento e arrastados pelo oceano por três dias, quando nos deparamos com a baleia e fomos todos engolidos por ela, e todos morreram, exceto nós dois, que nos salvamos. Sepultamos os companheiros e erigimos um templo a Possêidon, e desde então levamos esta vida, cultivando vegetais e alimentando-nos de peixes e castanhas. E, como vedes, a floresta é grande, e, de fato, possui muitas parreiras, das quais faz-se um delicioso vinho. E decerto vistes a fonte de água belíssima e fresquíssima. E com folhas fazemos camas, e acendemos fogo em abundância, e caçamos os pássaros que voam aqui dentro, e pescamos peixes vivos indo até as guelras do monstro, onde, inclusive, tomamos banho quando desejamos. E, ainda, existe também um lago, não muito longe, com perímetro de vinte estádios, que possui peixes de todo tipo, e onde nadamos e navegamos com uma pequena embarcação que eu construí. Vão-se já vinte e sete anos desde que fomos engolidos. **35** Tudo mais, talvez, podemos suportar, mas os nossos vizinhos e coabitantes são extremamente rudes e briguentos, insociáveis e selvagens." "Mas então," disse eu, "há mais outros dentro da baleia?" "Sim, muitos," disse ele, "hostis e de aparência estranha; na parte ocidental da floresta, no lado da cauda, habitam os salmourados, um povo com olhos de enguia e cara de lagosta, guerreiro e destemido, e carnívoro; já do lado oposto, próximo à parede direita, habitam os bodes-tritões[50], na parte de cima semelhantes a seres humanos, mas na parte de baixo a espadartes, que são, todavia, menos maus do que os outros; na parte esquerda vivem os mãos-de-caranguejo e os cabeças-de-atum, povos aliados e amigos um do outro; no centro moram os lagostões e os pés-de-linguado, uma raça belicosa e extremamente veloz; já a parte oriental, que fica para o lado da boca do monstro, é na maior parte deserta, inundada pelo mar; contudo, eu a possuo, pagando um tributo anual de quinhentas ostras aos pés-de-linguado. **36** É esta a terra; deveis, pois, ver como poderemos lutar com tantos povos e como sobrevivermos." "Quantos," disse eu, "são todos esses?" "São mais do que mil." "Quais são as armas que possuem?" "Nenhuma," disse, "exceto pelos ossos dos peixes." "Então," disse eu, "seria melhor guerrearmos contra eles, uma vez que estão desarmados e nós, armados; pois, caso os vençamos, passaremos o restante da vida sem razão para temer."

Isso foi decidido, e então fomos até a nau e nos preparamos. A causa da guerra viria a ser o não pagamento do tributo, e o prazo já estava esgotado. E, de fato, enviaram cobradores; mas ele, desdenhosamente, expulsou os mensageiros. Então primeiramente os pés-de-linguado e os lagostões, enfurecendo-se com Cíntaro (era este o seu nome), vieram para cima de nós fazendo muita balbúrdia. **37** Mas, antecipando o ataque, aguardamos armados, tendo posicionado vinte e cinco homens à nossa frente, em emboscada. Havia sido previamente dada a instrução aos que estavam de espreita para que, assim que vissem os inimigos aproximando-se, investissem contra eles; e assim fizeram. Tão logo executaram a investida, puseram-se a golpeá-los, e também nós, sendo igualmente vinte e cinco em número – pois Cíntaro e seu filho faziam parte do nosso exército –, encontramos os outros e, misturando-nos em batalha com coragem e força, tomamos o risco. No final os derrotamos e os perseguimos até as suas tocas. Dos inimigos morreram cento e setenta, enquanto que dos nossos um, o capitão, com o tronco trespassado por uma espinha de salmonete. **38** Naquele dia e naquela noite permanecemos acampados no campo de batalha, e erigimos um troféu, cravando no solo uma espinha seca de golfinho. Mas, no dia seguinte, os outros, tomando notícia da batalha, fizeram-se presentes, com os salmourados no flanco direito (seu líder era Atunzinho), no flanco esquerdo os cabeças-de-atum e no centro os mãos-de-caranguejo. Os bodes-tritões permaneceram quietos, preferindo não se aliar a nenhuma das duas partes. E nós, avançando de encontro a eles perto do templo de Possêidon, misturamo-nos em batalha, fazendo uso de muitos gritos, e o monstro marinho[51] ecoou como uma caverna. Nós os derrotamos – afinal estavam pouco armados – e os perseguimos até a floresta, e então passamos a ser senhores da terra dali em diante. **39** E, passado não muito tempo, enviaram arautos, recolheram mortos e tentaram falar sobre um acordo; a nós, contudo, não pareceu uma boa escolha entrar em termos com eles, e assim, no dia seguinte, atacamos e liquidamos todos, com exceção dos bodes-tritões. Mas estes, tendo visto o que se passara, correram até as guelras e atiraram-se ao mar. E assim nos apossamos da terra, agora livre dos inimigos, e passamos a habitá-la sem temor, ocupando a maior parte do nosso tempo com exercícios e caça, cultivando parreiras e colhendo frutos das árvores, e parecíamos de todo com homens numa grande prisão, da qual não se pode escapar, sem grilhões, levando uma vida suntuosa no seu interior.

Passamos um ano e oito meses dessa forma. 40
Ao nono mês, no quinto dia, por volta da segunda abertura da boca – é que uma vez a cada hora a baleia fazia isso, de forma que estimávamos as horas pelas aberturas da boca –, por volta, então, da segunda abertura, conforme eu disse, de repente foi ouvida uma grande gritaria e uma barulheira, como de comandos e remadas[52]. Abalados, escalamos até a boca do monstro e, postados atrás dos seus dentes, observamos o espetáculo mais estranho de todos os que eu já vi: homens enormes, com meio estádio de altura, navegando sobre enormes ilhas, como se elas fossem trirremes[53]. Sei que estou prestes a narrar coisas que parecem inacreditáveis, contudo as direi. As ilhas eram longas, mas não muito altas, cada uma com perímetro de cem estádios; sobre elas navegavam cerca de cento e vinte daqueles homens; destes, uns

estavam sentados em fileiras de cada um dos lados da ilha e remavam com enormes ciprestes, com galhos e folhas[54], como se fossem remos, e à popa (conforme parecia), estava o capitão no topo de uma alta colina, segurando um leme de bronze de cinco estádios de comprimento; já na proa, algo como uns quarenta deles, armados, lutavam, e eram em tudo iguais aos homens, exceto pelas cabeleiras: elas eram de fogo e ardiam, de forma que não necessitavam de cristas[55]. Ao invés de velas, o vento atingia a floresta, que era densa em cada uma das ilhas, inflava-a e transportava a ilha aonde o capitão desejasse; havia também um contramestre comandando os remadores, e, levadas pelas remadas, as ilhas locomoviam-se velozmente, bem como navios dos longos.

41 Num primeiro momento víamos duas ou três, em seguida, porém, surgiram algo como seiscentas, e, tendo-se posicionado, elas deram início a uma batalha naval. Muitas colidiam de frente e muitas, atingidas, iam a pique, e as que se aproximavam lutavam tenazmente e não se afastavam com facilidade; pois os que estavam na proa demonstravam todo o ímpeto abordando e matando; não se faziam prisioneiros. No lugar de ganchos de ferro, lançavam enormes polvos atados a ambos, os quais, enroscando-se na floresta, tomavam conta da ilha. Atiravam e feriam com ostras de encher uma carroça e esponjas de um pletro. **42** O líder de uns era Centauro-Veloz, e dos outros, Traga-Mar. Estavam ali em batalha, conforme parecia, devido a um saque; dizia-se que Traga-Mar levara embora consigo muitos rebanhos de golfinhos de Centauro-Veloz, conforme era possível ouvi-los berrando uns com os outros e gritando o nome de seus reis. Finalmente a vitória é dos de Centauro-Veloz, que afundam cerca de cento e cinquenta ilhas dos inimigos, e mais três lhes capturam, com toda a tripulação; as restantes, dando meia volta, puseram-se em fuga. Perseguiram-nas até certa distância, mas, com o anoitecer, deram meia volta até os destroços e fizeram-se senhores da maior parte do que havia lá e apanharam o que era seu; pois, das suas próprias, não menos do que oitenta ilhas haviam sido afundadas. Erigiram um troféu pela batalha insular, cravando uma das ilhas dos inimigos sobre a cabeça da baleia. Passaram aquela noite ao redor do monstro, tendo-se amarrado ao seu flanco, ancorados nas suas cercanias; pois se utilizavam de âncoras grandes e fortes, feitas de vidro. No dia seguinte, fizeram sacrifícios sobre a baleia e sepultaram nela os seus, e então navegaram, aprazidos, parecendo entoar peãs[56]. E foram esses os eventos da batalha insular.

LIVRO SEGUNDO

1 Após esses eventos, não mais suportando viver dentro da baleia, e angustiado pela delonga, pus-me a maquinar um plano com o qual fosse possível sair; e, primeiramente, pareceu-nos que poderíamos escapar após cavar através da parede direita, e começamos a cortar; como ainda não obtivéramos sucesso depois de avançarmos algo como cinco estádios, abandonamos a escavação e decidimos atear fogo à floresta, pois assim a baleia poderia morrer; caso isso acontecesse, a nossa saída seria fácil. Começando, então, pelo lado da cauda, ateamos fogo, e por sete dias e sete noites ela não se deu conta da queimada; ao oitavo dia, porém, notamos que adoecia; levava mais tempo para abrir a boca e, quando a abria, rapidamente tornava a fechá-la. Ao décimo e décimo primeiro dias finalmente amortecia-se e cheirava mal; ao

décimo segundo percebemos, em tempo, que, se ninguém sustentasse as suas mandíbulas enquanto abria a boca, para que não mais as fechasse, corríamos o risco de perecermos encerrados no seu interior depois que ela morresse. Assim, após sustentarmos a boca aberta com grandes vigas, aprontamos a nau, colocando a bordo o máximo de água possível e tudo mais que seria necessário; foi decidido que nosso capitão seria Cíntaro.

2 No dia seguinte, o monstro já estava morto. Então içamos a nau, conduzimo-la pelos espaços entre os dentes e, tendo-a amarrado a eles, lentamente a arriamos ao mar; subindo nas suas costas, fizemos sacrifícios a Possêidon e acampamos nas proximidades do troféu por três dias – pois havia calmaria – e ao quarto dia zarpamos. Aí nos deparamos com muitos mortos da batalha naval, esbarrando com nosso barco neles, e, medindo os corpos, ficamos estarrecidos. Por alguns dias navegávamos com uma aragem moderada, depois soprou um violento vento norte e fez muito frio, e com isso todo o mar congelou-se, e não apenas na superfície, mas por uma profundidade de trezentas braças[57], de modo que, desembarcando, podíamos caminhar sobre o gelo. O vento insistia em soprar e nós não podíamos suportá-lo, e assim maquinamos o seguinte (o autor da ideia foi Cíntaro): escavamos uma enorme caverna na água,

onde permanecemos por trinta dias, acendendo fogueiras e alimentando-nos de peixes; encontrávamos estes cavando. Quando já nos eram insuficientes as provisões, retornamos e arrastamos a nau, que estava congelada, e, após estendermos a vela, deslizamos, como se estivéssemos navegando, escorregando de forma macia e suave sobre o gelo. Ao quinto dia já fazia calor e o gelo derreteu, e tudo se tornou água novamente.

3 Então navegamos tanto quanto três estádios e chegamos a uma ilha pequena e deserta, na qual abastecemo-nos de água – que já nos faltava – e flechamos dois touros selvagens, partindo em seguida. Esses touros não tinham os chifres em cima da cabeça, mas sim sob os olhos, conforme Momo julgava que deveria ser[58]. Não muito tempo depois, adentramos um mar não de água, mas de leite, e avistava-se nele uma ilha, branca e cheia de parreiras. E a ilha era um gigantesco queijo solidificado – como em seguida descobrimos, ao prová-la – com perímetro de vinte e cinco estádios; já as parreiras, que eram repletas de cachos, não forneciam vinho, mas sim leite, que bebíamos espremendo as uvas. No centro da ilha havia um templo erigido à nereida Galateia[59], conforme a inscrição indicava. Pelo tempo que passamos lá, o solo foi a nossa comida e o leite das uvas a nossa bebida. Dizia-se que reinava nessa terra Tiro, filha de

Salmoneu[60], que, após ter partido de sua terra, recebeu de Possêidon essa honra.

4 Permanecemos na ilha por cinco dias e, ao sexto, partimos com uma brisa a propelir-nos e com o mar suavemente ondulado; ao oitavo dia, quando não navegávamos mais no leite, mas já em águas azuis e salinas, avistamos muitos homens correndo sobre o mar, em tudo iguais a nós, tanto no corpo quanto no tamanho, exceto apenas pelos pés: pois eles os tinham de cortiça, pelo que, penso, são chamados pés-de-cortiça. Admiramo-nos ao ver que não afundavam, mas sustinham-se sobre as ondas, caminhando sem temor. E eles se aproximaram e nos cumprimentaram na língua grega; diziam que se apressavam rumo à sua pátria, Cortiçal. Por um trecho, andaram junto conosco, correndo ao lado da nau, e então se viraram, desviando-se da nossa rota, não sem antes desejarem-nos uma boa viagem.

Pouco depois, avistaram-se muitas ilhas: à esquerda, perto de nós, Cortiçal, que era o local aonde aqueles corriam, uma cidade sobre uma enorme cortiça redonda; ao longe, mais para o lado direito, cinco ilhas enormes e altíssimas, das quais muito fogo elevava-se em labaredas, e uma à nossa frente, plana e baixa, que distava não menos do que quinhentos estádios. 5 Mal nos aproximáramos desta última, e uma brisa maravilhosa foi sentida à nossa volta, deleitosa e perfumada, da sorte que o historiador Heródoto conta emanar da feliz Arábia[61]. Era um odor de rosas, narcisos, jacintos, lírios e violetas, e mais mirto e louro e flor de parreira – tamanho foi o deleite que nos atingiu. Aprazidos com o perfume, e ansiando por eventos benfazejos após sairmos de longos tormentos, aos poucos nos aproximávamos da ilha. Então avistamos muitos portos em toda a sua volta, grandes e livres de inundações, e rios translúcidos desembocando suavemente no mar, e ainda prados e florestas e aves canoras, umas gorjeando nas praias, a maior parte, contudo, sobre os galhos; um ar leve e puro envolvia a terra, e deleitosas brisas sopravam suavemente e agitavam a floresta, de modo que, através dos galhos que se moviam, assoviavam-se doces e contínuas melodias, como a música das flautas oblíquas que ecoa em locais ermos. E, de fato, um som confuso e incessante era ouvido, não barulhento, mas como o ruído produzido num simpósio, quando uns tocam flauta, outros cantam, e outros ainda percutem, dando o ritmo à flauta ou à cítara. **6** Enfeitiçados com tudo isso, acostamos a nau e, após lançarmos âncora, desembarcamos, deixando a bordo Cíntaro com mais dois dos companheiros. Após avançarmos por um prado florido, deparamo-nos com os vigias e os guardas, os quais, amarrando-nos com coroas de rosas – pois este é o máximo grilhão que existe por lá – conduziram-nos até o governante, e deles ouvimos, no caminho, que a ilha era chamada de dos Bem-Aventurados[62], e que a governava o cretense Radamanto[63]. Fomos conduzidos a ele e postos na fila dos réus, na quarta posição. **7** O primeiro julgamento era de Ájax Telamônio[64], e decidir-se-ia se ele poderia permanecer junto com os heróis ou não; fora acusado de haver enlouquecido e se matado; finalmente, após muito dito, Radamanto decidiu que, a fim de beber o heléboro, ele fosse confiado ao médico Hipócrates de Cós[65], e, depois, quando estivesse mentalmente são, participasse do simpósio. **8** O segundo era um caso amoroso, com Teseu e Menelau disputando Helena[66], e sentenciar-se-ia com qual dos dois ela deveria viver. E Radamanto julgou que ela deveria viver com Menelau, por ter ele tanto sofrido e se arriscado por causa do casamento; e, além do mais, Teseu já tinha outras mulheres, a Amazona[67] e as filhas de Minos[68]. **9** O terceiro julgamento tratava do direito à *proedria*[69], disputada por Alexandre, filho de Felipe[70], e Aníbal, o Cartaginês[71], e foi decidido em favor de Alexandre, sendo disposto um trono para ele ao lado de Ciro, o Persa, o velho[72]. **10** Em quarto fomos nós conduzidos ao rei; e ele perguntou o que nos sucedera de modo que, ainda vivos, pisávamos em terras sagradas; e nós lhe narramos tudo na sequência. Mandou que nos retirassem de sua presença e por bastante tempo ponderou e consultou os membros do conselho a nosso respeito. Fazia parte do conselho, entre muitos outros, Aristides, o Justo,[73] ateniense. Quando chegou ao veredicto, comunicou que, pela nossa inquietude e por termos feito essa viagem, deveríamos prestar contas após morrermos, mas que, no presente, permaneceríamos na ilha por um tempo determinado e conviveríamos com os heróis, e então deveríamos partir. E ordenaram que o prazo para a nossa estada fosse não maior do que sete meses.

11 Naquele momento as coroas caíram por si sós à nossa volta, fomos soltos e conduzidos até a cidade, em direção ao simpósio dos bem-aventurados. A cidade é toda de ouro e a muralha que a cerca, de esmeralda; há nela sete portões, todos de uma tábua única de canela; já o piso da cidade e o solo dentro da muralha são de marfim; e há templos para todos os deuses, construídos com berílio, e altares neles, enormes blocos de pedra ametista, sobre os quais fazem as hecatombes[74]. Ao redor da cidade corre um rio da melhor mirra, cuja largura é de cem côvados reais e a profundidade, de cinco, de modo que é possível nadar confortavelmente dentro dele. Possuem banhos, que são grandes casas de vidro aquecidas com lenha de canela; e dentro das banheiras, ao invés de água, há orvalho quente. **12** Usam tecidos de finíssima teia de aranha, de cor púrpura. Eles não possuem corpos, são impalpáveis e desprovidos de carne, apresentando apenas forma e imagem, mas, embora sejam incorpóreos, existem e movem-se, pensam e falam, e caminham bem como se as suas almas estivessem nuas, envoltas pelo simulacro do corpo; portanto, se alguém não os tocasse, não se convenceria de que o que vê não é um corpo; pois são iguais a sombras de pé, não escuras. Ninguém envelhece, mas permanece com a idade que tinha quando lá chegou. E entre eles não se faz nem noite nem dia totalmente claro; como a penumbra que antecede a aurora, antes de o sol nascer, tal é a luz que envolve aquela terra. E, ainda, eles conhecem apenas uma estação do ano; pois é sempre primavera por lá, e um único vento sopra, o Zéfiro[75]. **13** O país é abundante em todos os tipos de flores e plantas, cultivadas[76] e de sombra; e as parreiras fornecem doze safras, e dão frutos uma vez a cada mês; já com relação às romãzeiras e as macieiras, e as outras árvores frutíferas, diziam que forneciam treze safras; pois em um dos meses, no mês que chamam Mínoo[77], dão frutos duas vezes; ao invés de trigo, cresce na ponta das espigas pão pronto, e elas se parecem com cogumelos. Há, à volta da cidade, trezentas e sessenta e cinco fontes de água, e outras tantas de mel, e quinhentas de mirra, sendo estas, contudo, menores, e sete rios de leite e oito de vinho.

14 Realizam o simpósio fora da cidade, no campo denominado Elísio; é um prado belíssimo, cercado por uma floresta muito densa que fornece sombra aos que se deitam. Estendem-se sobre camas de flores, enquanto os ventos lhes servem e trazem tudo, apenas não lhes derramam vinho nas taças; pois não precisam disso, já que existem árvores em volta do simpósio, grandes e de vidro, do vidro mais translúcido, e os frutos dessas árvores são taças de todo tipo, tanto na forma quanto no tamanho. Portanto, alguém presente no simpósio, após colher um ou dois desses frutos, deposita-os em sua frente e imediatamente eles se enchem de vinho. E dessa forma bebem. Ao invés de usarem coroas, os rouxinóis e as demais aves canoras colhem flores dos prados das cercanias com os bicos e lançam-nas como neve sobre eles, sobrevoando-os com cantos. E é do seguinte modo que eles se perfumam: densas nuvens, depois de drenarem a mirra das fontes e dos rios, acumulam-se sobre o simpósio e, com os ventos suavemente a soprá-las, gotejam uma delicada garoa, igual ao orvalho.

15 À refeição passam o tempo com música e cantos; são recitados por eles principalmente os épicos de Homero; e ele próprio está presente e banqueteia-se junto com os demais, deitado ocupando a posição acima de Odisseu. E os coros são de rapazes e meninas; conduzem e acompanham Eunomo, o

Lócrio[78], Árion de Lesbos[79] e Anacreonte[80], e mais Estesícoro[81]; e de fato eu o vi, já havendo Helena se reconciliado com ele. Depois que estes param de cantar, achega-se um segundo coro, composto por cisnes, andorinhas e rouxinóis. E, quando estes se põem a cantar, então toda a floresta acompanha com sua melodia de flauta, os ventos a comandar. **16** Mas o máximo que eles possuem para seu deleite é o seguinte: há duas fontes ao lado do simpósio, uma a fonte do riso, e a outra a fonte do prazer; todos, no início do banquete, bebem de cada uma delas, e passam o resto do dia rindo e sentindo prazer.

17 Mas desejo contar sobre os notáveis que vi por lá: todos os semideuses e os que participaram da guerra de Troia, com única exceção Ájax, o Lócrio[82], (pois este só, diziam, estava no lugar dos ímpios sendo punido), e, dos bárbaros, ambos os Ciros[83], Anácarsis, o Cita[84], Zámolxis, o Trácio[85], e Numa, o Italiota[86], e ainda Licurgo, o Lacedemônio[87], e Focião[88] e Telos[89], atenienses, e os sábios[90] com exceção de Periandro[91]. Eu vi também Sócrates, o filho de Sofronisco[92], debatendo com Nestor e Palamedes[93]; ao seu redor estavam Jacinto, o Lacedemônio[94], Narciso, o Tespieu[95], Hilas[96], e mais outros belos; e pareceu-me que Sócrates estava apaixonado por Jacinto; afinal, refutava a maior parte do que ele dizia[97]. Dizia-se que Radamanto andava enraivecido com ele, e já muitas vezes ameaçara de expulsá-lo da ilha caso continuasse a falar besteiras e não quisesse pôr de lado a ironia e alegrar-se. Apenas Platão não estava presente, mas dizia-se que habitava a cidade que ele próprio imaginara, pondo em prática a constituição e as leis que escrevera[98]. **18** Já os discípulos de Aristipo[99] e Epicuro[100] eram tidos entre os primeiros por lá, sendo agradáveis e graciosos e realmente excelentes camaradas. Estava presente também Esopo, o Frígio[101]; têm-no como bufão. Diógenes, o Sinopeu[102], mudou tanto a ponto de ter-se casado com a cortesã Laís[103], e frequentemente, excitado pela bebida, erguer-se para dançar e comportar-se mal. Mas dos estoicos[104] ninguém estava presente; pois diziam que eles ainda estavam subindo a colina íngreme da virtude. Ouvimos ainda, a respeito de Crisipo[105], que a ele não seria permitido por lei pisar na ilha antes de passar pelo quarto tratamento com o heléboro. Diziam que os membros da Academia[106] queriam, sim, vir, contudo ainda aguardavam e ponderavam; pois nem mesmo isto haviam compreendido ainda: se uma tal ilha existia. Além do mais, penso, estavam temerosos do julgamento de Radamanto, uma vez que eles próprios haviam abolido o critério. Contava-se que muitos deles lançavam-se e seguiam os que chegavam, mas pela sua lerdeza eram deixados para trás, sem alcançar nada, e retornavam do meio do caminho.

19 E eram esses os mais célebres dos presentes. Prestam honras em especial a Aquiles[107] e, em segundo lugar, a Teseu. Com relação ao sexo e seu comportamento amoroso, têm a seguinte concepção: unem-se abertamente e sob os olhares de todos, tanto com homens quanto com mulheres, e de forma alguma isso lhes parece vergonhoso; apenas Sócrates jurava solenemente que só se aproximava dos jovens de forma pura; e, todavia, todos o censuravam por perjurar; muitas vezes, até, Jacinto ou Narciso confessavam, mas aquele negava. E as mulheres são comuns a todos, e ninguém tem ciúmes do próximo, mas são, com relação a isso, todos eles acima de tudo platonicíssimos[108]; e os moços concedem aos que desejam, sem em nada se oporem.

20 Ainda não haviam decorrido dois ou três dias e eu, aproximando-me do poeta Homero, numa ocasião em que estávamos ambos no ócio, perguntei-lhe, entre outras coisas, de onde ele era[109]. Pois isso, em especial, ainda hoje é investigado entre nós. E ele disse que nem ele próprio ignorava que uns pensam que ele seja de Quios, outros de Esmirna, e outros ainda de Colofão; disse, todavia, que é babilônio, e que entre os seus conterrâneos não é chamado de Homero, mas de Tigranes[110]; mais tarde, após ser feito refém dos gregos, mudou o nome[111]. Questionei-lhe ainda a respeito dos versos rejeitados como espúrios, se

haviam sido por ele escritos. E ele disse que eram todos seus. Censurei, então, os argumentos idiotas dos gramáticos que seguiram Zenódoto e Aristarco[112]. Uma vez que respondeu satisfatoriamente a isso, perguntei-lhe por que havia começado da ira, e ele disse que assim lhe ocorrera, sem ter em mente nenhum propósito[113]. E, claro, eu desejava também saber se havia escrito a Odisseia antes da Ilíada, como a maioria diz; ele negou. Já o fato de ele não ser cego, característica que também se lhe atribuía, imediatamente constatei; pois eu via, de modo que não precisei perguntar. Muitas outras vezes mais fiz isso, se em algum momento eu o visse no ócio. Aproximando-me, perguntava-lhe algo, e ele respondia tudo de boa vontade, e especialmente após o julgamento, pois ele o ganhou; é que fora levantada uma acusação de ofensa grave contra ele, por Tersites, de que o teria ridicularizado em sua poesia. Homero venceu o caso, com Odisseu advogando em seu favor[114].

21 Por volta da mesma época chegava também Pitágoras, o Sâmio[115], tendo-se transformado sete vezes e vivido no mesmo número de animais, e completado o ciclo das migrações da alma. Estava dourado em toda a sua metade direita. Foi decidido que faria parte da comunidade, mas ele ainda estava em dúvida se deveria ser chamado Pitágoras ou Euforbo[116]. E mais Empédocles[117] veio, completamente queimado

e com o corpo todo tostado; mas ele não foi admitido, apesar de muito implorar.

22 Com o passar do tempo chegou a data dos seus jogos, os Jogos do Além. Juízes eram Aquiles, pela quinta vez, e Teseu, pela sétima. Seria muito longo contar tudo, assim narrarei resumidamente os principais feitos. Na luta, Carano[118], da linhagem de Héracles, venceu Odisseu, na disputa pelo título; já no pugilato houve empate no confronto entre Areio, o Egípcio[119], que se encontra sepultado em Corinto, e Epeio[120]. Eles não possuem um prêmio para o pancrácio[121]. Já quanto à corrida, não me recordo de quem a venceu. No certame de poetas, na verdade Homero foi muito superior, contudo Hesíodo venceu. E os prêmios eram para todos uma coroa feita com penas de pavão.

23 Imediatamente após os jogos serem concluídos, foi anunciado que aqueles que eram punidos no lugar dos ímpios, após romperem os grilhões e subjugarem a guarda, avançavam em direção à ilha; lideravam-nos Fálaris, o Acragantino[122], e Busíris, o Egípcio[123], e mais Diomedes, o Trácio[124], e Círon[125] e Pitiocamptes[126]. Ao ouvir isso, Radamanto pôs os heróis em formação na praia; lideravam Teseu, Aquiles e Ájax Telamônio, que já estava mentalmente são; misturaram-se e lutaram, e os heróis venceram, tendo Aquiles realizado os maiores feitos. Também

Sócrates, posicionado na ala direita, foi dos mais bravos, tendo lutado muito melhor do que quando estava vivo, em Délio[127]. Pois, com quatro inimigos vindo na sua direção, não fugiu, e permaneceu com o rosto sereno; por isso foi-lhe dado em seguida, com especial honra, um prêmio, um grande e belo jardim no subúrbio, onde passou a reunir seus companheiros e ter discussões, dando ao local o nome de Academia dos Mortos[128]. **24** Após capturarem os vencidos e os amarrarem, os enviaram de volta para que fossem ainda mais punidos. E também esta batalha Homero narrou, e, quando eu fui embora de lá, ele me deu os livros para que os trouxesse às pessoas dentre nós. Porém, mais tarde nós os perdemos, junto com as outras coisas. O início do poema era assim:

Canta-me agora, ó deusa, de mortos heróis a batalha.[129]

E então cozinharam favas[130], conforme é a lei entre eles após obterem sucesso numa guerra, e celebraram a vitória e fizeram grandes festejos; apenas Pitágoras não tomou parte, mas, sem comer, ficou sentado afastado, pois sentia repúdio de comer favas[131].

25 Já haviam decorrido seis meses, quando, pela metade do sétimo, aconteceram problemas; Ciniras, o filho de Cíntaro, que era grande e belo, já havia muito tempo estava apaixonado por Helena[132], e esta, visivelmente, amava loucamente o jovem; e muitas vezes faziam sinais com a cabeça um para o outro no simpósio, e brindavam, e levantavam-se e iam a sós dar voltas pela floresta. E eis que certa vez, por amor e por impulso, Ciniras desejou raptar Helena – e ela também estava de acordo com isso – e fugir rumo a alguma das ilhas vizinhas, como Cortiçal ou Queijosa. Como cúmplices, havia um tempo já, contavam com os três mais audaciosos dos meus companheiros. Mas ao seu pai nada comunicara acerca disso, pois sabia que seria por ele impedido. Conforme haviam decidido, levaram o plano a cabo. E, após o anoitecer[133] – eu não estava presente, pois acontecia de estar eu dormindo no simpósio –, tendo despistado os outros, capturaram Helena e, com muita pressa, fizeram-se ao largo. **26** Por volta da meia noite Menelau despertou e, ao perceber a cama vazia de sua mulher, deu um grito; junto com seu irmão foi até o rei Radamanto. Ao raiar do dia os vigias diziam avistar a nau bem ao longe; sendo assim, Radamanto pôs cinquenta dos heróis a bordo de uma embarcação construída com um único tronco de asfódelo, e ordenou-lhes que partissem em perseguição; avançando com ímpeto, por volta do meio dia os capturaram, já adentrando o trecho leitoso do oceano, nas imediações de Queijosa; faltou pouco para que eles escapassem. Após amarrar a nau com uma corrente de rosas, navegaram de volta. Enquanto Helena chorava e sentia vergonha e cobria o rosto, Radamanto primeiramente interrogou Ciniras e seus comparsas se outros mais compactuavam com eles, ao que eles responderam que não. Então ele os atou pelos genitais e enviou-os ao lugar dos ímpios, açoitando-os, antes, com malva. **27** Decidiram, por votação, que nos mandariam embora da ilha antecipadamente, e que nós poderíamos permanecer nela por apenas mais um dia.

E com isso eu fiz súplicas e pranteei, por estar prestes a deixar para trás coisas tão nobres e novamente partir em andanças. Mas eles me consolaram, dizendo que dentro de não muitos anos eu chegaria novamente a eles, e já me mostraram meu futuro assento e posto, perto dos melhores. Aproximando-me de Radamanto, implorei-lhe muito que dissesse o que nos aguardava e que nos indicasse a rota. Ele me disse que eu chegaria à minha pátria, mas não sem antes muito vaguear e passar por muitos perigos, contudo não quis adicionar a data do retorno; mas, mostrando as ilhas próximas (avistavam-se cinco em número, e ainda havia uma sexta mais adiante), disse que estas eram as dos ímpios, as próximas – "A partir das quais," disse, "já vês a grande quantidade de fogo ardendo; já a sexta é a cidade dos sonhos; após esta, então, fica a ilha de Calipso[134], mas ela ainda não te é visível. Depois que passares por essas é que chegarás ao grande continente oposto ao habitado por vós; lá, após muitas atribulações e depois de atravessares muitas nações e visitares povos hostis, então, com o tempo, chegarás ao outro continente."

28 Isso disse, e, arrancando da terra uma raiz de malva, entregou-a em minhas mãos, ordenando-me que fizesse preces com ela nos momentos de maior perigo; recomendou-me, no caso de eu chegar àquela terra, nem fustigar o fogo com lâmina, nem comer lupino, nem aproximar-me de jovens com mais de dezoito anos[135]; pois, se eu me lembrasse disso, teria esperanças de chegar à ilha.

E finalmente eu fiz os preparativos para a partida, e, quando chegou a hora, banqueteei-me com eles. No dia seguinte, aproximando-me do poeta Homero, implorei-lhe que compusesse um epigrama dístico para mim; e, depois que ele o compôs, erigi uma coluna de berílio na qual inscrevi o epigrama, voltado para porto. O epigrama era o seguinte:

Luciano tudo aqui, amado pelos aventurados deuses,
viu, e foi-se rumo à amada terra pátria novamente.

29 Após permanecermos mais aquele dia, no dia seguinte zarpamos, com os heróis acompanhando-nos. Aí Odisseu, fora da vista de Penélope, aproximou-se de mim e entregou-me uma carta endereçada a Calipso, para eu levar até a ilha de Ogígia. E Radamanto enviou junto conosco o piloto Náuplio[136], para que, caso aportássemos nas ilhas, ninguém nos prendesse por estarmos navegando com outros propósitos.

Depois que avançamos e deixamos para trás o ar perfumado, imediatamente envolveu-nos um fedor horrível, como de betume, enxofre e piche queimando ao mesmo tempo, e um insuportável e vil odor de carne queimando, como proveniente de pessoas tostando, e o ar era sombrio e enevoado, e dele gotejava um orvalho de piche; ouvíamos também barulho de chibatadas e lamentos de muitas pessoas.
30 Não atracamos nas outras ilhas, mas esta, na qual desembarcamos, era assim[137]: toda a sua costa era de precipícios abruptos, árida, com penhas e rochas, e não havia nela nem uma árvore nem água; após escalarmos pelos penhascos, avançamos por um atalho espinhoso e cheio de estacas, e a terra era muito feia. Quando chegamos ao cercado e ao local de punição, primeiramente admiramos a natureza do lugar; pois no próprio solo havia lâminas e estacas brotadas, por todo ele, e em círculo corriam três rios à sua volta, um de lama, o segundo de sangue, e o que ficava mais para dentro, de fogo – este realmente muito grande –, e corria como água e ondulava-se como o mar, e tinha muitos peixes, uns iguais a tochas, outros a brasa

incandescente; denominavam-nos *lamparininhas*. **31** Havia uma única passagem, estreita, por todos os rios, e o porteiro era Timão, o Ateniense[138]. Depois que a atravessamos, guiados por Náuplio, vimos muitos reis sendo punidos, mas também muitas pessoas comuns, das quais reconhecemos algumas; vimos também Ciniras, dependurado pelo órgão sexual, envolto por fumaça, com uma fogueira a queimá-lo aos poucos por baixo. E os guias contaram-nos ainda a vida de cada um e as falhas pelas quais eram punidos. E os maiores de todos os castigos sofriam aqueles que haviam contado alguma mentira em vida e os que não haviam escrito a verdade, entre os quais estavam Ctésias de Cnido e Heródoto, e muitos outros. E então, vendo isso, tive boas esperanças para o futuro, pois não sei de ter eu alguma vez contado uma mentira. **32** Rapidamente retornei a bordo da nau – pois eu não podia mais suportar o espetáculo – e, despedindo-me de Náuplio, parti.

E, pouco tempo depois, já se avistava perto a Ilha dos Sonhos, tênue e incerta ao olhar; ela própria tinha algo de semelhante aos sonhos, pois recuava à nossa aproximação e fugia para trás e andava para mais longe. Depois que finalmente a alcançamos e entramos no porto chamado Sono, próximo ao portão de marfim, onde fica o templo do Galo, desembarcamo-nos, de noitinha; uma vez tendo entrado na cidade, vimos muitos sonhos de diversos tipos. Mas primeiro desejo falar a respeito da cidade, uma vez que nem há nada escrito a seu respeito por outrem, e o único que a mencionou, Homero, descreveu-a sem muita precisão[139]. **33** Em todo o seu redor há uma floresta, cujas árvores são papoulas e mandrágoras, e sobre elas há uma enorme quantidade de morcegos; pois esta é a única ave que existe na ilha. Ao longo dela, a uma curta distância, tem seu curso um rio, por eles denominado Leito-Noturno, e há duas fontes ao lado dos portões; os seus nomes são Sono-Profundo, de uma, e Toda-Noite, da outra. O muro que circunda a cidade é alto e possui várias cores, parecidíssimo com um arco-íris; com relação aos portões, contudo, não são dois, conforme descreve Homero, mas quatro, dois de frente para a Planície da Preguiça, um férreo e o outro feito de cerâmica, pelos quais diziam que partiam os seus temíveis e assassinos e cruéis, e outros dois de frente para o porto e para o mar, um de chifre e o outro, pelo qual nós adentramos, de marfim. Do lado direito de quem entra na cidade fica o templo da Noite – pois, dos deuses, adoram em especial a esta e ao Galo, cujo templo fica próximo ao porto –, e do lado esquerdo os palácios de Sono. Pois é este que reina lá, tendo designado dois sátrapas e governantes subordinados, Pesadélio, filho de Vaidoso, e Afortunado, filho de Imaginoso. No centro da ágora há uma fonte, à qual chamam Fonte do Torpor, e perto dela dois templos, o do Engano e o da Verdade; lá fica o seu recinto mais sagrado e o seu oráculo, onde preside, profetizando, Antifonte, o intérprete dos sonhos[140], tendo sido agraciado com essa honra por Sono. **34** Contudo, esses sonhos nem tinham todos a mesma natureza nem a mesma aparência, mas, enquanto uns eram longos e belos e formosos, outros eram pequenos e feios, e ainda uns eram de ouro, conforme se mostravam, outros humildes e baratos. Havia ainda entre eles alguns alados e monstruosos, e outros que bem pareciam fantasiados para um desfile, uns trajados de reis, outros de deuses, e outros de outras coisas dessa sorte. E reconhecemos muitos deles, já vistos por nós há tempos, os quais se aproximaram de nós e nos cumprimentaram, tomando a iniciativa como se fossem íntimos, e, acolhendo-nos e adormecendo-nos, ofereceram a sua hospitalidade de forma brilhante e hábil, com tudo mais de grandioso que se oferece a um hóspede, prometendo fazer de nós reis e sátrapas. Alguns deles até nos conduziram às nossas pátrias e nos mostraram os nossos, e no mesmo dia nos trouxeram de volta. **35** Por trinta dias e o mesmo número de noites permanecemos entre eles, entretidos em nosso sono. Então, de repente, com o estouro de um tremendo trovão, despertamos em sobressalto, reunimos provisões e zarpamos.

No terceiro dia depois disso atracamos na ilha de Ogígia e desembarcamos. Antes de tudo desatei a carta e li o que estava escrito. Era o seguinte:

> *Odisseu saúda Calipso.*
> *Sabe que, depois que eu construí uma jangada e naveguei para longe de ti, eu sofri um naufrágio e só fui salvo a muito custo por Leucoteia*[141]*, na terra dos Feácios. Eles me enviaram para casa e lá eu me deparei com muitos pretendentes à minha mulher, que viviam às custas das riquezas de nossa terra; matei a todos eles e, posteriormente, fui morto por Telégono, filho de Circe comigo, e agora me encontro na ilha dos Bem-Aventurados, completamente arrependido de ter deixado para trás a vida do teu lado e a imortalidade prometida por ti. Caso eu tenha a chance, fugirei e chegarei até ti.*

Isso dizia a carta, e ainda, com relação a nós, como deveríamos ser entretidos. **36** Avançando um pouco para o interior da ilha, encontrei a caverna tal qual Homero a descreveu[142], e a ela, que tecia lã. Ao receber a carta e lê-la, primeiro chorou por bastante tempo, depois convidou-nos a aceitar sua hospitalidade e ofereceu-nos uma festa suntuosa, e então fez perguntas sobre Odisseu e Penélope, de como era a sua aparência e se era controlada, conforme Odisseu gabava-se antigamente a seu respeito[143]; e nós respondíamos de acordo com o que julgávamos que lhe agradaria.

Então retornamos à nau e dormimos perto dela, na praia. 37 Ao raiar do dia pusemo-nos ao largo com o vento soprando mais forte; e eis que, após sermos arrastados por uma tempestade durante dois dias, ao terceiro deparamo-nos com os piratas-abóbora. Estes são homens selvagens das ilhas próximas, que saqueiam os navios que passam nas suas proximidades. Possuem grandes barcos feitos de abóbora, de sessenta côvados de comprimento; pois, após secarem a abóbora, deixando-a oca por retirarem-lhe a polpa, navegam dentro dela, utilizando-se de mastros de junco e, no lugar das velas, da folha da abóbora. Atacaram-nos com duas tripulações, lutaram e feriram muitos, atirando, em lugar de pedras, sementes de abóbora. Lutamos por muito tempo de forma parelha, quando, por volta do meio-dia, vimos atrás dos piratas-abóbora, navegando em sua direção, os marujos-noz. Eram inimigos uns dos outros, como demostraram, pois, após aqueles perceberem a aproximação destes, passaram a nos ignorar e, virando-se na sua direção, lutaram. 38 Nisso nós içamos a vela e fugimos, deixando-os para trás a lutarem, e estava óbvio que os marujos-noz se imporiam, afinal eram mais numerosos – pois tinham cinco tripulações – e lutavam em naus mais fortes; seus barcos eram cascas de nozes pela metade, esvaziadas, e o tamanho de cada metade era quinze braças de comprimento.

Uma vez que os despistáramos, tratamos dos feridos, e dali em diante permanecíamos a maior parte do tempo com as armas prontas, aguardando sempre novas tentativas de saque; e não em vão. **39** Nem havia o sol se posto, e de uma ilha deserta avançavam em nossa direção cerca de vinte homens, montados em grandes golfinhos, e estes eram também piratas; e os golfinhos os carregavam com segurança e, saltitando, relinchavam assim como os cavalos. Depois que chegaram perto, dividindo-se uns para um lado e outros para o outro, puseram-se a atirar contra nós com sibas[144] secas e com olhos de caranguejo. Mas, uma vez que lhes retribuímos atirando-lhes flechas e lanças, não suportaram e, atingidos, a maioria deles foi refugiar-se na ilha.

40 Por volta da meia-noite, quando havia calmaria, enganamo-nos ao atracarmos em um gigantesco ninho de martim-pescador; o seu tamanho era, de fato, sessenta estádios no perímetro. Em cima do ninho a martim-pescador mãe navegava, chocando os ovos, sendo ela não muito menor do que o ninho. E eis que, ao levantar voo, por pouco não afundou a nau com o vento das asas. E ela voou embora, lançando um berro choroso. Após desembarcarmos, com o dia quase a raiar, observamos o ninho, parecido com uma jangada de muitas grandes árvores entrelaçadas; em cima dele havia quinhentos ovos, cada um deles maior do que um jarro de vinho de Quios. E, inclusive, os passarinhos já se mostravam e piavam no interior. Então, com um machado, quebramos um dos ovos e retiramos de dentro um passarinho sem penas, mais carnudo do que vinte abutres.

41 Após afastarmo-nos com a nau tanto quanto duzentos estádios do ninho, aconteceram à nossa volta grandes maravilhas; o ganso da popa[145] de repente bateu as asas e deu um berro, e no capitão Cíntaro, que já estava careca, cresceu cabelo, e o mais estranho de tudo: no mastro da nau brotaram rebentos e cresceram galhos e, na ponta, ele deu frutos, e as frutas eram figos e uvas negras, ainda não maduras[146]. Vendo isso, como é de se esperar, abalamo-nos e fizemos preces aos deuses, por conta da estranheza do caso. **42** Mal avançáramos quinhentos estádios e avistamos uma floresta enorme e densa, de pinheiros e ciprestes. Primeiramente imaginamos que se tratasse de um continente; mas, na verdade, era mar que não tinha fundo, com árvores sem raízes crescidas sobre ele; porém, as árvores estavam de pé, imóveis, como a flutuar. Depois que nos aproximamos e averiguamos tudo, não sabíamos o que fazer. Pois nem era possível navegar através das árvores – afinal eram densas e próximas umas das outras – e nem parecia fácil dar meia-volta; e eu, subindo na maior árvore, observei como eram as coisas para adiante, e vi que a floresta estendia-se por cinquenta estádios, ou pouco mais, e depois novamente aguardava-nos outro oceano. Assim, decidimos colocar a nau sobre a copa das árvores – pois era densa – e atravessar até o outro lado, caso conseguíssemos, até o outro mar; e assim fizemos. Após amarrá-la com uma grande corda e subirmos sobre as árvores, com muito esforço a içamos e, depois de depositá-la sobre as copas, estendemos as velas e navegamos como se estivéssemos no mar, deslizando com o vento a propelir-nos; e nisso me ocorreu o verso do poeta Antímaco[147] – ele diz mais ou menos assim:

Aos que vêm a navegar através da floresta.

43 Por fim sobrepujamos a floresta e chegamos à água, e, depois que arriamos a nau da mesma forma que a içáramos, navegamos por águas límpidas e cristalinas, até que nos deparamos com uma grande fenda, que era a água dividida, da mesma forma que muitas vezes vemos na terra rachaduras causadas por terremotos. E, apesar de havermos recolhido as velas, a nau não se estabilizava com facilidade, e por pouco não se precipitou. Esticando as cabeças sobre a borda, vimos uma profundidade de mil estádios, uma visão realmente terrível e estranha; a água estava de pé, como cortada; olhando à nossa volta, vimos não muito longe uma ponte que atravessava, de água, a qual juntava os mares pela superfície, fluindo de um para o outro. Avançamos, pois, com remadas, e passamos por lá, e, a duras penas, acabamos por atravessá-la, sem nunca ter esperado fazê-lo.

44 Depois disso, deparamo-nos com um mar suave e uma ilha não muito grande, de fácil acesso e habitada; viviam nela homens selvagens, os cabeças-de-boi, que tinham chifres, da mesma sorte que representam o Minotauro[148] em nossa terra. Desembarcamos e avançamos a fim de nos abastecermos de água e coletarmos alimentos, se pudéssemos encontrá-los em alguma parte, pois já não os tínhamos mais. E encontramos água ali perto, contudo não se via mais nada, exceto que se ouviam muitos mugidos vindos de não muito longe. Pensamos que se tratasse de gado e, avançando um pouco, deparamo-nos com os homens. Assim que nos viram, puseram-se a nos perseguir, e capturaram três dos companheiros, enquanto os demais fugimos em direção ao mar. Mas, depois disso, todos nós nos armamos – pois não nos parecia certo deixar nossos amigos sem vingá-los – e investimos contra os cabeças-de-boi, que estavam dividindo as carnes dos mortos; amedrontamos a todos e os perseguimos, e, de fato,

matamos cerca de cinquenta, e capturamos dois deles com vida, e então novamente retornamos, em posse dos prisioneiros. Contudo, não encontramos nenhum alimento. E então os demais diziam que abatêssemos os cativos, mas eu não aprovei a ideia, e amarrei-os e guardei-os, até que acabaram por chegar enviados dos cabeças-de-boi, solicitando os prisioneiros com um resgate; pois pudemos compreendê-los ao gesticularem e mugirem algo choroso, como se estivessem a fazer súplicas. E o resgate que ofereciam era de muitos queijos, peixes secos, cebolas e quatro veados, cada um de três pernas – as duas traseiras mais as dianteiras crescidas em uma. Em troca desses víveres entregamos os prisioneiros, e, após permanecermos por um dia, fizemo-nos ao largo.

45 Já se nos mostravam peixes e voavam aves à nossa volta, e viam-se outros tantos sinais de que havia terra firme por perto. Pouco depois avistamos também homens, que se utilizavam de uma forma de navegação nova; pois eles eram ao mesmo tempo o marinheiro e o barco. Contarei a forma com que navegavam: estavam deitados de costas sobre a água com os membros sexuais eretos (e eles os possuem grandes), onde tinham amarrado a vela e seguravam com as mãos a ponta, e navegavam com o vento a propelir. E vimos outros ainda, depois destes, sentados sobre cortiças puxadas por dois golfinhos, que passavam segurando as rédeas; e os golfinhos iam à frente, arrastando as cortiças. Estes nem nos fizeram mal nem fugiram, mas passaram sem medo e de forma pacífica, admirando a feitura de nossa embarcação e observando-a de todos os ângulos.

46 Ao entardecer atracamos numa ilha não muito grande; ela era habitada por mulheres, como pensáramos, que falavam a língua grega; aproximaram-se e receberam-nos, cumprimentando-nos com abraços, inteiramente adornadas como heteras, todas elas belas e jovens, e arrastavam túnicas até os pés. A ilha era denominada Cabalusa, e a cidade, Hidamardia[149]. Depois que as mulheres nos acolheram, cada uma levou um de nós para casa e fez dele seu hóspede. Mas eu, tendo-me afastado um pouco – pois pressentia coisas não boas –, observando à minha volta com mais atenção, vi muitos esqueletos humanos e crânios sobre o chão. Gritar, convocar os companheiros e ir apanhar as armas não me pareceu a melhor decisão. Tomei nas mãos a raiz de malva e fiz muitas preces com ela para escaparmos dos males circunstantes; e então, pouco depois, enquanto minha anfitriã servia-me, percebi que suas pernas não eram de mulher, mas sim de asno, com cascos; e foi aí que, desembainhando a minha espada, capturei-a, amarrei-a e interroguei-a acerca de tudo. E ela, contra a sua vontade, disse que elas eram mulheres marinhas,

chamadas de pernas-de-asno, e que se alimentavam dos estrangeiros que ali vinham. "Depois que os embebedamos," disse "deitadas na mesma cama que eles, nós os atacamos enquanto dormem." Tão logo ouvi isso, deixei-a ali, amarrada, subi sobre o telhado e, gritando, convoquei os companheiros. Depois que chegaram, deixei-os a par de tudo e mostrei-lhes os ossos, e conduzi-os para dentro em direção à mulher amarrada; mas ela imediatamente virou água e ficou invisível. Eu enfiei a espada na água, para ver o que aconteceria; e a água virou sangue.

47 E então rapidamente corremos até a nau e zarpamos. E, depois que o dia começou a raiar, avistamos o continente que julgamos ser o que fica do lado oposto ao que é habitado por nós. Prestamos reverência e fizemos preces, e então ponderamos acerca do que nos aguardava; a uns parecia melhor apenas desembarcar e novamente retornar, a outros, contudo, abandonar o barco ali e, avançando rumo ao interior da terra, tentar a sorte com os seus habitantes. Enquanto considerávamos essas coisas, uma forte tempestade atingiu a embarcação e lançou-a com violência contra a costa, destruindo-a. E nós nadamos com dificuldade, cada um agarrando as armas e tudo mais que fosse possível.

Foram essas as coisas que me sucederam até a outra terra, no mar, na navegação pelas ilhas e no ar, em seguida dentro da baleia e, depois que saímos, entre os heróis e os sonhos e, por fim, entre os cabeças-de-boi e as pernas-de-asno; já o que aconteceu sobre a terra narrarei nos livros subsequentes[150].

NOTAS

1 "(...) and even without the parodic effect *True Stories* stands as a masterpiece of imaginative and witty story-telling." BOWIE, E. L. *Between philosophy and rhetoric.* IN: EASTERLING, P. E. & KNOX, B. M. W. (ed.) *The Cambridge History of Classical Literatura. Vol. 1 [Greek literature]. Part 4. The Hellenistic Period and the Empire [paperback reissue]*. Cambridge: Cambridge University Press, 1989, (Pp. 105-123.), p. 119.

2 Luciani Opera. 4 volumes. Oxford: Oxford University Press, 1972–1987.

3 Historiador do séc. V a. C., nascido em Cnido, na Cária (então Império Persa), escreveu um volumoso tratado sobre a história assíria e babilônia, e também o único relato grego sobre a Índia anterior à época de Alexandre. Suas obras não restaram para a modernidade, exceto por um breve resumo, redigido pelo Patriarca de Constantinopla, o bizantino Fócio, no séc. IX.

4 Autor do século III a. C., do qual praticamente nada se sabe hoje, que parece ter escrito uma narrativa utopista.

5 Os antigos acreditavam que, ao redor de todo o continente composto pela Europa, Ásia e África, havia um grande oceano que o ilhava, ao qual chamavam "Grande Mar".

6 Na *Odisséia* de Homero, boa parte da narrativa transcorre na mítica ilha dos Feácios, cujo rei se chamava Alcínoo. Durante sua estada entre os Feácios, o herói Odisseu relata a seus anfitriões as suas aventuras fantásticas (cantos IX a XII), desde a partida de Troia, quando foi prisioneiro do Ciclope, monstro de um olho só e devorador de homens, depois da feiticeira Circe, que transformou seus companheiros em animais, sua descida ao Hades, entre outras peripécias fabulosas.

7 Podemos adicionar à lista de autores citados pelo narrador o nome de Antônio Diógenes, que, segundo Fócio, teria sido a principal fonte de inspiração para Luciano. Antônio Diógenes, autor de biografia obscura, mas que deve ter nascido no séc. II a.C.,

escreveu um romance intitulado *Coisas inacreditáveis além de Tule*, em doze livro, repleto de aventuras maravilhosas. De sua obra, restam apenas menções e um fragmento.

[8] Segundo escoliasta, Luciano ironiza aqui Platão, em cuja *República* (X 614) lemos: "(...) – A verdade é que o que te vou narrar não é um conto de Alcínoo, mas de um homem valente, Er o Armênio, Panfílio de nascimento. Tendo ele morrido em combate, andavam a recolher, ao fim de dez dias, os mortos já putrefatos, quando o retiraram em bom estado de saúde. Levaram-no para casa para lhe dar sepultura, e, quando, ao décimo segundo dia, estava jazente sobre a pira, tornou à vida e narrou o que vira no além (...)". Platão. *A República. Trad. de Maria Helena da Rocha Pereira.* 8ª. Ed. Lisboa: Fundação Calouste Gulbenkian, 1996.

[9] Estreito de Gibraltar.

[10] Oceano Atlântico.

[11] O estádio é uma unidade de medida de comprimento equivalente a 60 pés gregos (6 pletros, 100 braças), aproximadamente 180 metros.

[12] Filho de Zeus e da mortal Alcmena, o principal dos heróis da mitologia grega clássica, conhecido pelos doze trabalhos.

[13] Importante deus da religião grega antiga, também chamado Baco, associado ao êxtase e ao vinho.

[14] Um pletro, enquanto unidade de medida de distância, equivale a 100 pés (cerca de 30 metros), uma sexta parte do estádio.

[15] Heródoto (4, 82), descrevendo a terra dos Citas, menciona uma pegada de Héracles: "(...) Mostram uma pegada de Héracles marcada na pedra, a qual se parece com a impressão do pé de um homem, mas o seu tamanho é de dois côvados, à margem do rio Tiras." (Tradução minha.)

[16] Ilha localizada no Egeu oriental, a apenas 8 km. da costa da Ásia Menor, desde a Antiguidade célebre por seus vinhos.

[17] Isto é, o vinho.

[18] Na Antiguidade a prática comum era diluir o vinho em água. O chiste reside na ideia de mesclar os peixes de vinho aos peixes de água, como se fosse a mistura de vinho com água.

[19] Eros, desafiado por Apolo, atinge a ninfa Dafne com a flecha que repele o amor e Apolo com a flecha que o faz apaixonar-se por Dafne. Assim, o deus persegue a ninfa, que lhe foge desesperada. Cansada do tormento, Dafne suplica a seu pai Peneu que a livre das dores. Este a transforma num loureiro (*δάφνη [daphne]*

em grego). No momento em que Apolo a toca, ela se converte na árvore. Há inúmeras representações visuais da cena à qual Luciano alude.

20 Antiga língua indo-europeia, falada pelos lídios (povo que habitava a Ásia Menor).

21 A comparação com o *mastro de uma nau de carga grande* (*νεὼς μεγάλης φορτίδος ἱστοῦ*) encontra-se na Odisséia (*ἱστὸν νηὸς... φορτίδος*), no episódio em que o herói Odisseu engendra o estratagema de confeccionar um espeto com o cajado do Ciclope, para cegá-lo (IX 321-26): "(...) junto da cerca se achava o bordão do Ciclope, do tronco / de uma oliveira ainda verde, que fora ali posto a secar, / para depois ser usado. Em tamanho esse tronco afigura-se-nos / mastro de negro navio tocado por vinte remeiros, / barco mui largo de carga, que o abismo marinho atravessa." (Trad. de Carlos Alberto Nunes.)

22 Na mitologia, Endimião é amante de Selene (Lua). Existem algumas versões do mito de Endimião e Selene: numa delas, Endimião apaixona-se por Selene, que, enamorada dele, pede a Zeus que lhe conceda um desejo. Endimião pede para dormir um sono eterno, e assim conserva-se jovem para sempre.

23 Segundo o bizantino Fócio, o romance de Antônio Diógenes continha a descrição de uma viagem à lua, donde Luciano teria tirado inspiração para a paródia (ver também nota 7).

24 Na mitologia, Faetonte é filho do Sol (Hélios) e de Climene.

25 Em Lactâncio (III, 23, 41) lemos: *'fuisse' Seneca 'inter Stoicos' ait 'qui deliberaret, utrumne soli quoque suos populos daret'* ('houve' afirmou Sêneca 'entre os estoicos quem conjecturasse se o sol teria também as suas populações' – tradução minha).

26 O painço (*Panicum miliaceum*) é uma planta cultivada há milênios na Ásia e Europa, cujo grão fornecia farinha e forragem.

27 Soldado portador de um escudo leve.

28 Glandes ou bolotas, o fruto do carvalho (Ver também nota 41).

29 Esta reticência parodia o discurso historiográfico; Heródoto (I, 193), por exemplo, descrevendo a cidade de Nino, na Babilônia, que fica às margens rio Tigre, fala de sua excepcional fertilidade, e reluta em contar o que sabe: "quanto ao painço e o sésamo, eu não mencionarei quão grandes ficam, conquanto me seja conhecido, pois bem sei que mesmo o que eu disse sobre os grãos causa grande descrença a quantos não visitaram o país da Babilônia." (Tradução minha.)

30 Heródoto fala de formigas maiores do que raposas (III, 102).

[31] Soldado pertencente à infantaria pesada.

[32] A mais brilhante das estrelas que compõem a constelação Cão Maior.

[33] Heródoto menciona cinocéfalos, homens com cabeça de cachorro (IV, 191).

[34] Glandes ou bolotas, o fruto do carvalho (ver também nota 41).

[35] Aliado de Príamo na guerra de Troia, segundo alguns autores antigos filho de Zeus. Foi rei da Lícia e morto por Pátroclo, como nos narra Homero. O episódio é descrito no canto XVI da Ilíada.

[36] Uma das maravilhas do mundo antigo, a estátua, que representava Hélios (o deus Sol), era localizada na ilha de Rodes e tinha aproximadamente 33 metros de altura (o que era algo excepcionalmente alto para os padrões da Antiguidade). Fora construída em 280 a. C. e, cerca de meio século depois, colapsou devido a um terremoto, nunca sendo reconstruída. Seu prestígio, porém, ficou imortalizado.

[37] Compare com o tratado entre Atenas e Esparta (Tucídides, V, 18).

[38] O jogo de palavras existe em grego, como em português: *γαστροκνημία* significa "panturrilha", literalmente "barriga da perna".

[39] Seria, talvez, uma alusão ao mito do nascimento de Dioniso da panturrilha de Zeus.

[40] Por *falo* aqui o autor dá a entender o emblema fálico, simulacro de um pênis de dimensões totêmicas, símbolo de fertilidade, que era comum em rituais em honra a Dioniso.

[41] Glande (em grego *βάλανος*) designa o fruto do carvalho (também dito bolota em português) ou outros semelhantes, por sua forma que lembra a ponta do pênis. O duplo sentido existe tanto no português quanto no grego. No caso, a ambiguidade do termo não é fortuita no texto de Luciano.

[42] Um côvado é uma unidade de medida que equivale a pouco menos de meio metro.

[43] Heródoto (I, 202) fala de uma árvore cujos frutos caem no fogo e a fumaça aromática embriaga como vinho; Heródoto fala também (IV, 75) do hábito dos Citas de regozijarem-se com a fumaça da cânabis. Mais curioso ainda é o relato de Estrabão (Geografia, XV, I, 57) sobre homens no Ganges que não têm boca, somente narinas, e alimentam-se do cheiro de flores e carne assada e que adoecem sentindo mau cheiro.

[44] A palavra no grego antigo para "cabeludo" é a mesma para "cometa"; *κομήτης [kometes]*, de fato, significa "cabeludo", e os astros assim foram batizados por terem a cauda que parece uma cabeleira.

[45] Muitos séculos depois, o espirituoso barão de Münchhausen narra coisas semelhantes acerca dos lunares. Ao concluir sua narração sobre a lua, exorta o leitor, em perfeito diálogo com Luciano: "Reconheço, cavalheiros, que tudo isso vos pode parecer estranho; mas peço àqueles que põem em dúvida a minha sinceridade que deem um pulo até a lua. Lá se convencerão de que fui mais fiel à verdade do que qualquer viajante." (Burger, G. A. *As aventuras do barão de Münchhausen*. Trad. Moacir Werneck de Castro. Belo Horizonte/Rio de Janeiro: Villa Rica, 1990, p. 220.)

[46] Trata-se da cidade imaginária da comédia *As aves*, de Aristófanes.

[47] Ver nota 40.

[48] Deus dos mares e dos terremotos, irmão de Zeus. Seu nome possui outras possíveis grafias em português: Posídon, Posêidon, Posidão etc.

[49] Compare a pergunta com os versos 149 e seguintes do canto VI da *Odisseia*, de Homero, quando Odisseu encontra Nausícaa: "Os joelhos ora te abraço, senhora; és mortal ou divina? / Se uma das deusas tu fores, daquelas que o céu vasto habitam, / é a Ártemis, principalmente, de Zeus poderoso nascida, / que te comparo, na forma elegante e elevada estatura. / Mas se pertences à raça dos homens que vivem na terra, / julgo três vezes feliz ser teu pai e sua nobre consorte (...)." (Tradução de Carlos Alberto Nunes)

[50] O termo não é totalmente claro em grego; a tradução é hipotética.

[51] Numa variante textual, ao invés de *κῆτος* (monstro marinho, baleia), lê-se *κύτος* (concavidade).

[52] Possivelmente temos, na descrição que se segue, uma paródia da batalha naval entre Corinto e Corcira (Corfu), narrada por Tucídides (I, 48).

[53] Navios de guerra com três ordens de remos.

[54] Heródoto (II, 156) fala de uma ilha flutuante no Egito: "E assim o santuário é a coisa mais maravilhosa de quantas há neste templo, já dentre as coisas secundárias foi a ilha denominada Quémis; ela fica num lago profundo e largo, ao lado do templo de Buto, e é contado pelos egípcios que essa ilha é flutuante. Mas eu, de minha parte, não a vi flutuar nem mover-se, e quedei-me maravilhado ao ouvir que uma ilha de fato flutuaria." (Tradução minha.)

[55] Compare com Ilíada V, 4: "Inextinguível luzeiro faz do elmo surgir e do escudo (...)" (tradução de Carlos Alberto Nunes).

[56] Hinos de vitória.

[57] A braça é uma unidade de medida que equivale a 6 pés, cerca de 1,82 m. Em uma variante textual, temos na passagem a contagem de seis braças, e em outra, quatrocentas braças.

[58] Momo é o deus que personifica a crítica e o escárnio. Sua sugestão teria como propósito que o animal pudesse ver o que fazia com os chifres.

[59] Trata-se de um trocadilho: o nome Galateia (*Γαλάτεια*) é relacionado com a palavra *γάλα [gala]* ("leite", em grego).

[60] Outro trocadilho: o nome Tiro (*Τύρω*) é quase idêntico à palavra "queijo" (em grego *τυρός [tyros]*).

[61] Heródoto (III, 113) assim diz: "No que diz respeito às especiarias, mais não precisa ser dito, o país da Arábia exala um perfume divinamente deleitoso." (Tradução minha.)

[62] A Ilha dos Bem-Aventurados, ou dos Beatos, seria um local onde os mais justos passariam sua existência após a vida terrena. Referências a um local de bem-aventurança no além ocorrem na literatura clássica (Homero, Hesíodo), e parece que tinham aceitação nos mistérios de Elêusis e entre pitagóricos. Na *Odisséia* IV, versos 561 e seguintes, lemos: "Mas, quanto a ti, Menelau, descendente de Zeus, o Destino / não determina morreres em Argos, nutriz de cavalos; / para as campinas do Elísio, limite da terra, te enviam / os imortais, onde está Radamanto, de louros cabelos, / e onde a existência decorre feliz para todos os homens. / Lá não cai neve, nem longo é o inverno, nem chove o ano todo, / mas de contínuo o de Zéfiro sopro de ruído sonoro / manda o oceano, que os homens com branda bafagem refresque, / visto de Helena marido tu seres e, assim, de Zeus genro." (tradução de Carlos Alberto Nunes)

[63] Segundo a mitologia, filho de Zeus e Europa, admitido no Elísio, onde se tornou soberano e juiz.

[64] Notável personagem da guerra de Troia, filho de Telamão, rei de Salamina, e um dos principais heróis aqueus no sítio de Troia. Enlouqueceu porque a armadura de Aquiles foi destinada a Odisseu e não a ele. Acabou por cometer suicídio. Seu destino trágico é tema da tragédia *Ájax*, de Sófocles.

[65] Hipócrates (460 – 377 a. C.), nascido na ilha de Cós, foi um médico da época clássica. É comumente referido como o "pai da medicina". O tratamento com o heléboro (*helleborus orientalis*) para a loucura é proposto por Hipócrates em *Regime* I, 35.

[66] Teseu foi o principal herói da antiga Atenas. Filho do rei Egeu, matou o monstro Minotauro no Labirinto de Cnossos, com

o auxílio de Ariadne, a filha do rei Minos de Creta. Segundo outro mito, Teseu raptou Helena, antes que ela fosse casada com Menelau, rei de Esparta, e raptada por Páris, por quem foi levada a Troia, ocasionando posteriormente a guerra entre gregos e troianos.

[67] Hipólita, rainha das amazonas. Existem muitas versões do mito de Hipólita; em uma delas, a amazona torna-se esposa de Teseu.

[68] As filhas de Minos, rei de Creta, são Ariadne e Fedra.

[69] A *προεδρία* era na Grécia antiga o direito de ocupar o primeiro assento em ocasiões públicas, como num teatro, por exemplo.

[70] Alexandre, o Grande (356 – 326 a. C.), filho de Felipe II da Macedônia (382 – 336 a. C.).

[71] Aníbal, o Cartaginês (247 – c.183 a.C.), famoso por comandar os cartagineses contra Roma nas Guerras Púnicas.

[72] Ciro, o Grande (c. 600 – 530 a.C.), foi o fundador do império persa Aquemênida.

[73] Aristides, o Justo (530 – 468 a. C.), foi um importante estadista e comandante militar da época clássica, tendo-se distinguido na guerra contra os persas.

[74] Literalmente "sacrifício de cem bois". Normalmente designa simplesmente *sacrifício.*

[75] Deus que personifica o vento oeste.

[76] A palavra "cultivado" é *ἥμερος [hemeros]*, e a palavra para "dia" é *ἡμέρα [hemera]*. Trata-se aqui de mais um trocadilho.

[77] Trata-se de um nome inventado para o mês fictício; relativo a Minos.

[78] Poeta e músico mítico, ligado ao mito de Pito de Delfos, mencionado por Clemente de Alexandria (*Exortação*, I).

[79] Antigo poeta, cuja obra não foi preservada (e de historicidade debatida), e que, segundo Heródoto, foi o inventor do ditirambo.

[80] Anacreonte de Teos (563 – 478 a. C.), poeta lírico da Jônia. Sua obra restou em fragmentos, mas foi um poeta muito influente, e figura entre os grandes nomes da poesia lírica arcaica.

[81] Estesícoro (c. 630 – 555 a. C.) foi um importante poeta lírico, natural da Magna Grécia; conta-se que compôs versos insultando Helena de Troia e, posteriormente, elogiando-a. De sua obra, restam fragmentos.

[82] Importante herói da guerra de Troia, comandante dos lócrios, também dito Ájax Oileu. Foi morto pela deusa Atena por ter violentado Cassandra.

[83] Ciro o Grande, ou o Velho, e Ciro, o Jovem. Sobre o primeiro, ver nota 72. Ciro, o Jovem (c. 424 – 401 a. C.), filho de Dario II, foi

um importante príncipe e general persa, sátrapa da Lídia entre 408 e 401 a. C.

[84] Filósofo da Cítia, nascido no séc. VII e morto no séc. VI a.C. As datas de nascimento e morte são desconhecidas, mas Anácarsis deixou sua terra natal e foi a Atenas, aonde chegou na época de Sólon, início do séc. VI, e destacou-se.

[85] Trata-se de uma figura mítica. Segundo Heródoto (IV, 94 – 96), deus dos getas.

[86] Numa Pompílio (753 – 673 a. C.), figura lendária, foi o segundo rei de Roma.

[87] Licurgo de Esparta, figura lendária, legislador. Se existiu de fato, viveu no séc. VIII a. C.

[88] Focião, ou Fócion, (c. 402 – 318 a. C.), foi um importante general e político ateniense. Foi executado após acusação de traição ao governo macedônio.

[89] Telos, contemporâneo de Sólon. Segundo Heródoto (I, 30), era considerado por Sólon o homem mais feliz do mundo.

[90] Os sete sábios, lista que costumeiramente continha os seguintes nomes: Tales, Pítaco, Bias, Sólon, Quílon, Cleóbulo e Periandro, mas que variava segundo versões.

[91] Periandro foi tirano de Corinto entre 627 e 585 a. C. A data de seu nascimento é obscura, mas deve ter ocorrido antes de 635 a. C. Era listado como um dos sete sábios da Grécia Antiga. Apesar de sua beatitude, sua vida envolve eventos não dignos de um beato; Heródoto (V, 92) sugere que ele violara o corpo de sua falecida esposa. Na Antiguidade houve sugestões de que o tirano Periandro não corresponderia ao homônimo sábio do catálogo dos sete.

[92] Sócrates (c. 470 – 399 a. C.), figura máxima da filosofia grega do séc. V a. C., mestre de Platão e voz da filosofia platônica nos seus diálogos. Foi executado por envenenamento. Seu método, retratado por Platão, consiste no constante interrogatório.

[93] Nestor, rei de Pilos, retratado como sábio por Homero; Palamedes é um personagem mitológico associado ao ciclo de Troia, a quem se atribui inventividade. Não é fortuito, pois, que Sócrates tenha-se engajado em debate com figuras mitológicas intelectuais.

[94] Belo efebo, amado por Apolo, e por ele morto acidentalmente com um disco arremessado.

[95] Herói mítico que se apaixonou pela própria imagem refletida.

[96] Belo efebo, amado por Héracles. Participou da expedição dos argonautas. Durante uma parada, foi atraído pelas ninfas das águas,

e Héracles, tentando encontrá-lo, foi deixado para trás pela nau que seguiu viagem rumo à Cólcida.

97 Em seus colóquios, Sócrates interrogava e refutava continuamente seus interlocutores, para guiá-los ao entendimento.

98 Ironia sobre a *República.*

99 Aristipo de Cirene (435 – 356 a. C.), filósofo fundador da chamada escola cirenaica. Sua filosofia pregava que o prazer era o bem supremo a ser atingido.

100 Epicuro(341 – 270 a. C.), filósofo de Samos, pregava que a felicidade residia em afastar-se da dor e buscar o prazer.

101 A este Esopo são atribuídas as famosas fábulas. O Esopo (c. 620 – 564) histórico provavelmente não é o autor das fábulas que conhecemos, que devem ser produto de redações mais tardias, vinculadas a seu nome pela tradição.

102 Diógenes de Sinope (Ásia Menor) foi o famoso filósofo cínico. Seu nascimento ocorreu no final do séc. V, e sua morte deu-se em 323 a. C.

103 Provavelmente a famosa hetera de Corinto.

104 Base da doutrina filosófica estoica são a busca pela virtude e a impassibilidade diante da dor e dos prazeres.

105 Crisipo de Solos (281 – 208 a. C.), um dos principais filósofos estoicos. Segundo uma lenda, teria morrido de rir de sua própria piada.

106 Escola que fora fundada por Platão no séc. IV a. C. e cujas atividades continuaram por séculos após sua morte.

107 Filho de Tétis e Peleu, o principal herói grego da guerra de Troia e protagonista da *Ilíada*, de Homero.

108 Mais uma alusão à *República* de Platão (em especial o livro IV).

109 Todo o episódio na Ilha dos Bem-Aventurados, e especialmente esta passagem em que o narrador conversa com Homero para esclarecer tópicos controversos, pode ser comparada com a viagem de Gulliver a Glubbdudrib, em que o herói-narrador interroga, por meio de um necromante, figuras ilustres do passado, e propõe uma correção da história. (Cf. Viagens de Gulliver, *Viagem a Laputa, capítulos VII e VIII.*)

110 Desde a Antiguidade a questão da origem dos poemas homéricos e da identidade e ascendência do poeta é objeto de debates. Luciano aqui satiriza as discussões filológicas, propondo uma origem completamente inusitada e um nome inaudito.

111 Mais um trocadilho que propõe jocosamente uma falsa etimologia: a palavra "refém" é *ὅμηρος [homeros]*, exatamente igual ao nome do poeta *Ὅμηρος [Homeros]*.

[112] Zenódoto de Éfeso e Aristarco da Samotrácia foram importantes gramáticos e filólogos do séc. III a. C.

[113] Dentre as questões que envolvem a interpretação da *Ilíada*, de Homero, o fato de a primeira palavra do poema ser *μῆνιν* (ira) foi e é objeto de elucubrações. Luciano aqui, após interrogar o próprio autor do poema épico, conclui que tal discussão é inócua.

[114] Tersites é um personagem da Ilíada, que figura no Canto II, ao insultar Agamêmnon e ser ridicularizado por Odisseu.

[115] Pitágoras de Samos, filósofo e matemático do séc. VI a. C. Sobre Pitágoras acumularam-se muitas lendas. Foi fundador da influente escola pitagórica. A doutrina pitagórica envolvia crença na metempsicose: a alma, sendo imortal, troca de corpo, animando animais e vegetais ciclicamente.

[116] Segundo uma lenda acerca de Pitágoras, o filósofo seria a reencarnação do herói troiano Euforbo.

[117] Empédocles (c. 495 – c. 430 a. C.) foi um filósofo de Ácragas (Agrigento), Magna Grécia. Segundo uma tradição, atirou-se na cratera do Etna para provar sua suposta natureza divina, onde pereceu queimado. Foi um importante filósofo pré-socrático, e a influente teoria dos quatro elementos é sua.

[118] Lendário rei da Macedônia. Sua época é o séc. VIII a. C., mas quase nada se sabe sobre ele, além de tradições posteriores. Segundo uma vertente, teria sido o primeiro rei macedônio.

[119] Não é claro a quem especificamente Luciano se refere.

[120] Também aqui se trata de uma referência incerta.

[121] Luta mista, com elementos do pugilato e da luta livre.

[122] Tirano de Ácragas (Agrigento), Magna Grécia, no séc. VI a. C., famoso por sua crueldade ímpar e impiedade.

[123] Rei do Egito, sacrificava os estrangeiros que chegavam a seu país. Foi morto por Héracles.

[124] Filho do deus Ares e da ninfa Cirene, foi rei guerreiro na Trácia. Possuía éguas devoradoras de homens. No seu oitavo trabalho, Héracles captura as éguas e mata Diomedes.

[125] Segundo um mito, um bandido, filho de Pélops ou de Possêidon, que ordenava aos viajantes que lhe lavassem os pés e, enquanto estes lhe prestavam o favor, atirava-os ao mar do alto do penhasco, para terem seus corpos dilacerados por uma tartaruga gigante que havia ali nas águas. Foi morto por Teseu. Outras versões sobre o nome Círon queriam-no herói, mas aqui claramente Luciano faz adesão ao mito que o retrata como maligno.

[126] "Dobrador de Pinheiros", epíteto de Sínis, bandido filho de Possêidon. Seu apelido diz respeito à sua prática de dobrar pinheiros, às pontas dos quais amarrava os membros de homens. Após largar os pinheiros dobrados, estes se endireitavam abruptamente, despedaçando a sua vítima.

[127] Apesar do chiste de Luciano, é referido que Sócrates efetivamente se distinguira como soldado em Délio.

[128] *Νεκρακαδημία*, paródia da Academia de Platão.

[129] Compare com o primeiro verso da Ilíada, na tradução de Carlos Alberto Nunes: "Canta-me a cólera – ó deusa – funesta, de Aquiles Pelida". Na tradução, dialoguei explicitamente com o texto de Nunes.

[130] Referência às pianépsias (ou pianópsias), um festival religioso ateniense em que eram comidas favas.

[131] Um dos preceitos dos pitagóricos era a proibição de comer favas.

[132] O que se segue é uma engenhosa paródia do rapto de Helena, tema do mito de Troia. Nem mesmo na beata existência pós-morte Menelau está livre de ter sua esposa raptada.

[133] Luciano aparentemente contradiz a informação anterior (de que na ilha não havia noite), o que deve ter algum intento paródico.

[134] Calipso, ninfa imortal que reteve Odisseu em sua ilha, Ogígia, após o fim da guerra de Troia, quando o herói retornava para Ítaca para reencontrar sua esposa Penélope. A localização de Ogígia é amplamente debatida. Trata-se de uma ilha imaginária, mas que pode ter sido inspirada por algum local real. Na Odisseia, Calipso deseja que Odisseu permaneça ao seu lado, e oferece-lhe a imortalidade, que o herói recusa, em nome de seu dever maior: o retorno a seu reino e reencontro com sua esposa. Durante sua ausência de Ítaca, Penélope pacientemente aguardava o marido, enquanto era constantemente assediada por pretendentes que a desejavam como esposa, pois criam que Odisseu já estivesse morto.

[135] O primeiro preceito é pitagórico, os outros aparentemente parodiam.

[136] Piloto dos argonautas.

[137] É tentador trazer à mente a concepção do *Inferno* de Dante diante da descrição que se segue, e pensar em Luciano como um de seus precursores.

[138] Personagem semi-lendário da Atenas do séc. V, notório pela misantropia e avareza.

[139] *Odisseia* XIX, versos 560 e seguintes.

[140] Provavelmente se trata do autor de um tratado sobre a interpretação dos sonhos mencionado por Diógenes Laércio e Sêneca. A obra foi perdida, restando alguns fragmentos.

[141] *Odisseia* V, versos 333 e seguintes.

[142] *Odisseia* V, versos 55 e seguintes.

[143] Na *Odisseia* V, versos 215 e seguintes, Odisseu reconhece que Calipso é superior à *prudente* (*περίφρων*, no texto homérico) Penélope na aparência: "Deusa potente, não queiras com isso agastar-te; conheço / perfeitamente que a minha querida e prudente Penélope / é de menor aparência e feições menos belas que as tuas. / Ela é uma simples mortal; tu, eterna, a velhice não temes. / Mas, apesar de tudo isso, consumo-me todos os dias / para que à pátria retorne e reveja meu dia da volta. (...)" (Trad. Carlos Alberto Nunes). Odisseu, em Homero, não se gaba explicitamente da temperança de Penélope (Luciano usa o verbo *σωφρονέω*, "ser moderado, temperado") – temos aqui uma sutil insinuação de Calipso de que Penélope não seria fiel a Odisseu.

[144] O termo designa diversos moluscos cefalópodes do gênero *Sepia*. Em grego *σηπία*.

[145] O ganso da popa (*χηνίσκος*, "gansinho") era um enfeite esculpido na extremidade da popa do navio, em forma de pescoço e cabeça de ganso.

[146] Pode tratar-se de uma paródia do *Hino Homérico VII* (*A Dioniso*), que narra o rapto do deus por piratas tirrenos. A presença de Dioniso a bordo de seu navio faz brotarem uvas nas velas, entre outros portentos.

[147] Antímaco de Colofão, poeta e gramático grego que viveu na passagem do séc. V para o IV a. C. De sua obra restam fragmentos. Supõe-se que este verso aqui citado pertença a seu poema intitulado *Lyde*, um dístico elegíaco.

[148] Monstro que habitava o Labirinto de Cnossos, no palácio do rei Minos, em Creta. Era filho de Pasífae (esposa de Minos) e de um touro enviado por Possêidon. Tinha corpo de homem e cabeça de touro, e devorava jovens atenienses que lhe eram dados como oferenda. Foi morto pelo herói ateniense Teseu, que assim livrou Atenas do pesado tributo de sangue.

[149] O significado dos vocábulos Cabalusa e Hidamardia não é claro.

[150] "A maior de todas as mentiras", como um escoliasta anotou à margem do manuscrito.

pólen bold 90 gr/m2
tipologia garamond
impresso no verão de 2024